Character
カルファ
ミカエラ
ニーズヘッグ

不死の軍勢を率いるぼっち死霊術師、
転職してSSSランク冒険者になる。

榊原モンショー

BRAVENOVEL
ブレイブ文庫

プロローグ　死霊術師の夜明け

縄で両手を後ろに縛られた美女は、窮地に立たされていた。

どこかも分からぬ湿地帯。

背後にはおおよそ千を超える謎の軍勢が女に冷たい視線を送っていた。

辺りは夜の闇に包まれ、白い月光に反射して見える様はまさしく魑魅魍魎《ちみもうりょう》。全身を骨格で形成した骸骨兵《スケルトン》、腐臭漂う腐人《ゾンビ》の大軍が、軍隊の体《てい》を為《な》している。

そんな女の隣には、巨大なドラゴンと一人の女性の姿があった。

彼らに、強大な魔法力があるのは明白だった。

囚われている女は唇をきゅっと噛みしめて、小さく歯噛みした。

「よりによってこんな時に、ですか……」

小国の美女は、世界七賢人にも選ばれた傑物である。

金に輝く長い髪の毛に、端正な顔立ち。

先ほどまで戦場で、巨大な魔法力を駆使し、敵をなぎ倒し続けたとは思えないほどの華奢な体躯《たいく》。

《鑑定士》という職業を経て、数々の強敵相手に鍛錬を重ねて人類最終到達ラインであるＳＳランクの極みに至った。

この度、国家に一大事が生じてそれに対処すべく動いていたところ、謎に包まれた勢力によって拉致された現状に、悔しさともどかしさを隠せないでいた。

——鑑定。

苦し紛れに、後方の軍勢の中の一人を視《み》る。

【名前】 骸骨兵《スケルトン》
【種族】 元・人間族
【性別】 男
【年齢】 32
【職業】 兵士
【クラス】 D
【所属】 不死の軍勢
【魔法力】 180
【スキル】 無
【加護】 死霊術師《ネクロマンス》の誓約

不死の軍勢を間近で見るのは初めてだった。

近年、一人の死霊術師《ネクロマンサー》によって多数の死者が蘇り、国籍、生物を問わない最強の軍団が勢力を伸ばしつつあるということは風の噂で聞いていた。

「ローグ様、例の女がようやく見つかりました」

銀髪のポニーテールを左右に揺らし、眼前の男に頭を垂れて跪《ひざまず》く女性。

それに倣《なら》うように、十メートルは優に超えるであろう巨体を誇るドラゴンも頭を下げる。

「あなたが噂の鑑定士か。イネス、ニーズヘッグ、よくやってくれた」

眼前の男は労《ねぎら》う。

姿形は人間そのものだ。自身の隣にいるバ・ケ・モ・ノのような気味の悪い雰囲気は感じられない。

女がじっと青年を見つめていると、隣の女性――イネス・ルシファーは表情を明るくした。

「世界七賢人が一人、『最強の鑑定士』カルファ・シュネーヴル。この者の力を使えば、ローグ様の悲願達成に一歩近付くことができましょう。何やら慌ただしい様子なのがいささか疑問ではありましたが、いずれにせよ我々には関係のないことです」

微笑むイネス。

さらに隣では、ニーズヘッグと呼ばれたドラゴンが人の言葉を発す。

『我が主《あるじ》の悲願達成となれば、今宵は祝杯を挙げねばならぬな。くははははは』

そんな二人の忠誠を一心に受ける男ローグは、「いや、っつーかさ……」と困ったようにカルファを見つめた。

「縄で縛る以外に何か手荒な真似でもしたのか？　何でこんな疲れ切ってるんだ。客人だぞ？丁重に扱えとあれほど言っただろ」

ローグの呟きに、イネスが首を振った。

「いえ、ローグ様。この者は我々が捕らえる以前から既に憔悴《しょうすい》しきっていました」

イネスに続き、ニーズヘッグと呼ばれた巨龍も続く。

『カルファ・シュネーヴルの仕えるサルディア皇国が、今まさに魔物の侵攻を受けている最中だと小耳に挟んだ。情勢が悪くなり、軍全体がパニックに陥って敗走していたことから護衛を付ける暇もなかったのだろう』

その二人の言葉に、カルファは押し黙るしかなかった。

巨龍の言う通り、カルファの国は今、魔物に侵攻されていた。

当初はカルファの指揮のもと優勢だったものの、数にものを言わせて攻め込む魔物に対して次第に戦況は悪化。

皇帝も民を捨てて逃亡したため、その場に残ったのは、世界七賢人と呼ばれ世界最強の一角を担っていた、このカルファ・シュネーヴルしかいなかった。

だが、軍はもう散り散りになり、誰が敵か味方かも分からないような始末。

サルディア皇国の滅亡も秒読み状態となっている状況で、この謎の集団に拉致された次第だ。

「そっちの鑑定士さんからしてみれば踏んだり蹴ったりってわけだな。ってことは、この近くでまだサルディア皇国と魔物が戦っているってことか」

さほど興味がなさそうに遠くを見つめるローグ。

後ろのスケルトン、ゾンビ集団を呆然と見つめるカルファに、最後の光が差し込んだ。

「お願いが……あります」

このままでは遅かれ早かれ国は滅ぶ。

そうなれば、陣頭指揮を執《と》っている自分も殺されるだろう。

どうせ死ぬのなら——賭けてみたいと、そう思った。

民を守れなかったのは、自分に力がなかったから。そんなこと、重々承知しているつもりだ。

だが、希望を抱いてしまう。

この強大な謎の戦力があれば、もしかしたら魔物を退けられるかもしれない。

滅亡に瀕している祖国を、救えるかもしれない。

藁にも縋《すが》るような思いで、カルファは七賢人としての意地やプライドをかなぐり捨てて、頭《こうべ》を垂れた。

「私たちの国を、どうか、お助けてください……！」

涙ながらに訴えるカルファ。

イネスは、汚物でも見るような表情でローグに告げる。

「どんな立場で物を言う、人間風情が。たかが人間のためにローグ様のお手を煩わせるなど言語道断。ローグ様、我々の目的を達し次第、こやつらなど捨て置けばよいのです」

「まぁ待て、イネス。一応俺だって人間だ。っていうか、俺は自分の職業を鑑定士に隠してもらいたいだけなんだけど……」

「ローグ様以外の人間など、愚物そのものではないですか」

「真顔で言ってるお前が心底怖いよ。だが覚えておけ、イネス。これからの俺の目的にはそういう人達の力が必要だ。愚物扱いなんてのはもっての外だからな。いいな？」

「――はっ。失礼致しました」

そんなイネスとローグの会話に、巨龍はやれやれと大きな翼を一度はためかせた。

『彼我《ひが》の戦力差と皇国の状況を見るならば、我《われ》に任せてもらいたい』

待ちきれないと言わんばかりに翼を広げる巨龍に、ローグは「いや、まだだ」と手で止めて、
カルファの前に座る。

「なぁ、最強の鑑定士さん。そっちの国を救ったら、俺たちの言うこと聞いてくれるかい？」

にっこりと屈託のない笑みを浮かべる青年ローグに、カルファは涙ながらに訴えかける。

「我々の皇国を、皇国民を救っていただけるのならば、何でもすることをお約束致します！

この身も心も、あなた様に尽くすことをサルディアの神に誓います――ッ！」

「いや、そこまでは求めてないんだけど……まぁ、いいか。ニーズヘッグ、向こうの戦力を上
空から偵察してきてくれ。イネスには後方で待機してる《不死の軍勢》の総指揮を任せる」

『――仰せのままに、我が主よ』

「承知致しました、ローグ様」

ローグの命令に、彼らは片膝を折って答える。

ニーズヘッグは巨体を揺らしてあっという間に空に消えていき、イネスは後方の軍団を綺麗
に二分した。

あまりに統率された軍の動きに、一国の軍を預かるカルファにも驚きが隠せない。

「ってわけだ、鑑定士さん。ここからあんたは案内役だ。よろしく頼むよ」

やけに優しい軍勢の主――ローグの言葉に、カルファは目を丸くした。

「あ、あの、ローグさんの目的とは、一体？」

「あぁ、俺は、友達が欲しいんだ」

「友達、ですか。ではやはり、職のせいで……？」

「……まーね」

悲しそうに、暗い空を見つめるローグとカルファのやりとりに、跪《ひざまず》いてイネスは笑む。

「ローグ様のお慈悲に不肖イネス、感服致しました。圧勝の二文字と共に目的の第一歩に大きく前進することになるのですね！」

イネスは感激のあまり涙し……その主であるローグも、ため息交じりに苦笑する。

「心より、心より感謝致しますッ！」

カルファは今一度、予期せぬ援軍に頭を下げた。

ローグの希望に満ちた瞳の傍らで、イネスの寂しそうな表情が垣間見えた。

この日、サルディア皇国最後の砦であるカルファ・シュネーヴルは思い知ることになる。

《不死の軍勢》の伝説は、この戦から始まったのだ――と。

＊＊＊

夜はさらに深まっていた。

平野中央を静かに行軍する集団が一つ。数にしておよそ千を優に超えていた。

その行軍は不気味そのもので、動きが完全に統率されていて、人々は生きた心地がしなかった。

彼らの眼前にある深い森の最奥からは、続々と火の手が上がっている。

森を突っ切れば、サルディア皇国の兵士たちと魔物が戦闘を行っている。

「ローグ様。いかが致しましょう」

不死の軍勢を先導するのはローグ、イネス、カルファの三人。

月夜に光る一房の銀髪を揺らしたイネスは、火の手が上がる森の奥を見つめる。

サルディア皇国での陣頭指揮を執《と》っていたカルファは、自らが捕縛されて連れてこられたときよりも遥かに戦況が悪化しているのを感じていた。

元々、敗走気味でいかに兵士を生きて逃がすかを考えていたぐらいだ。

司令塔を失った軍は、瓦解《がかい》寸前だった。

「そうだなぁ……、鑑定士さん。敵は魔物って言ったけど、内訳は分かるかい？」

「は、はい。現在サルディア皇国に攻め込んできているのは、十頭のゴブリンキングをそれぞれ将に据えたゴブリン主体の勢力です」

ローグの問いに、カルファは歯噛みする。

その隣でイネスは、ローグを諭すように言う。

「ゴブリンといえば、Eランク程度の低級魔物。およそ百のゴブリンを統率できる知性と腕力があるとされるゴブリンキングですら、Dランクに届くか届かぬか。その程度の魔物に皇国の正規軍が壊滅していては、話になりません」

刺々しいイネスの言葉に、カルファは苦悶の表情を浮かべた、その時だった。

闇夜の中で進軍するローグたちの前に降り立ったのは、空高くから滑空してきた一頭のドラゴンだった。

漆黒の翼を素早くたたんで、主の前に巨大な頭を垂れたニーズヘッグは言う。

『サルディアの兵士は随分と数を減らしているようだ。ゴブリンキングを筆頭にした軍隊もいるが、違和感もある。少数のC級魔物、ミノタウロスまでもが皇国攻めに加担している』

「ゴブリンとミノタウロスが手を組んだ、ということですか。本来なら知性の低い魔物同士が手を取り合うことなど有り得ないはずなのに……」

『目の前の森を越えれば、そこには切り立った崖の下だ。サルディアの兵士たちは、ゴブリンの群れに上手く誘導されながら退路を断たれてもいる。崖を背に闘う皇国兵士を包囲してからじわじわ嬲《なぶ》り殺すつもりだろう。奴等にそのような知恵が身についたというのは聞いたことがない』

「裏で誰かが糸を引いてる可能性もあるってことか……」

ちらり、ローグは真横で何も話そうとしないカルファを一瞥《いちべつ》する。

彼女は小さく口を結んで、身体を震わせていた。

「皇国の兵士たちが崖の下に追い詰められたら合図を出してほしい」

イネスとニーズヘッグが頷いたのを見てローグは続ける。

「ニーズヘッグは、このまま空で待機。俺たちがゴブリンの群れに突撃したのを見計らって、吹き飛ばせ、ニーズヘッグ。死霊術師《ネクロマンス》の誓約解除だ」

『くはははははは!! 任されたッ!』

にやりと笑みを浮かべたニーズヘッグは、再び漆黒の翼を大空に掲げる。

「イネス、お前はミノタウロスの殲滅を頼む。一人で行けるな?」

「当然です。主の前に、かのバケモノ共の生首を献上致しましょう」

「そうか、期待して待ってるよ。《始祖の魔王》イネス・ルシファー。死霊術師《ネクロマンス》の誓約、解除」

「……久しぶりの姿ですわ。必ずや期待以上の成果をお持ち帰り致しましょうッ!!」

カルファの背中に冷や汗が流れる。

ローグの前に出たイネスの左目から、紅のオーラが流れている。

イネスの瞳から、極大の質量を持つ魔法力がオーラとなって漏れ出しているのだ。

ジジジと、強烈なオーラが音となって生じ、イネスの頭上に一対の白角が姿を現す。

三対六枚の翼が背中に出現し、飛翔と共にあっという間にローグとカルファの前から消え去っていく。

イネスの秘めた力が、暴力の化身であるようにさえカルファには思えた。

「後はお前たちだけだな。不死の軍勢、死霊術師《ネクロマンス》の誓約解除。暴れまわる魔物の掃討を命じる。思う存分——蹴散らせ」

言葉を発すると共にパチンと、ローグが指を鳴らした。

『ウヴォォォォォォォアアアアアアアッッッ!!』

瞬間、今まで操られて忠実に動いていた後方の軍勢が、堰を切ったように森の中へと雪崩れ込んでいく。

森の先にいる魔物を目がけて、一直線に突き進む。

骨格だけで身体が形成されたスケルトン、肉が腐り、蠅が集《たか》っていても前へ進むゾンビ。二種類の怪物で形成されたローグの軍は、隊列もバラバラに森を突き抜けていく。

先ほどまでの整列が嘘のようだった。

「俺たちも行こう。鑑定士さんがいないと、俺たちが敵じゃないってことを信用してもらえないからな」

あまりの勢いにへたりと地面に座り込んでしまったカルファは、畏怖《いふ》の目でローグを見た。

「ローグさん、少し、いいですか？」

カルファの方を見ようとしないローグの背中が、とてつもなく恐ろしいものに見え始める。

「先ほどの巨龍を知っています。サルディア皇国に古くから伝わる『龍神伝説』……お伽噺の中に出てくる、ニーズヘッグと呼ばれる龍王でしょうか？」

「……」

「先ほどの女性も知っています。かつて世界を混沌に陥れた初代魔王、イネス・ルシファーその人でしょうか？」

「だとしたら、どうする？」

「有り得ません！　それらは、何百年も、何千年も前の伝説なのですから……！」

狼狽する。

世界七賢人と呼ばれ、世間の名声を手に入れたはずのカルファ・シュネーヴルの心臓は、どくどくと高鳴っている。

「ローグ・クセルさん、あなたは一体……！」

ふと、カルファは自身の鑑定能力をローグに使用した。

もしかすると、自分はとんでもない存在に助力を申し出てしまったのかもしれない。

世界を丸ごとひっくり返すような、そんなイレギュラーな存在を。

ローグは困ったように頭をぽりぽりと掻いて、告げる。

「不遇にも禁忌職を引き当ててしまった、独りぼっちの死霊術師《ネクロマンサー》ってとこかな」

＊＊＊

「分隊長！　お、追い込まれています！」

息切れも激しく、少数残ったサルディア皇国兵士数十人は走り続けていた。

後方には牛頭人身のミノタウロスが八体、その手には自身の体長ほどに大きい棍棒が握られている。

先端には鮮血とピンク色の肉片がこびりついている。何人もの仲間が、あの棍棒の一撃で絶命している。

ミノタウロスを囲んでやってくるゴブリンの群れも、数えればキリが無い。事態は、絶体絶命だ。

「諦めるな！　皇国の紋章を掲げた戦士として、最後の最後まで戦い抜くんだ！」

集団の殿《しんがり》を務め、迫り来るゴブリンを斬り伏せているのは黒い顎髭を蓄えた男。

分隊長と呼ばれたその男は、ゴブリンの身体を真っ二つにして、すぐさま次の攻撃に備える。

だが、斬っても斬っても湧いて出てくるゴブリンには気が滅入りそうだった。

自身の腰ほどの体長ながら、緑色の皮膚に包まれたゴブリンは、醜悪な顔を歪め、俊敏な動きで小刀を用いて味方の兵士の首筋を掻き切ろうとする。

少しでも油断をすれば、鎧の間から小刀を差し込んでくるだろう。

一体でも小賢しく素早いゴブリンに加え、一撃必殺で確実に屠りにくるミノタウロス。

本来、手を取り合うはずのない魔物同士の突然の襲撃に、既に軍は総崩れになっている。

ゴブリン軍の遥か後方には、それらの中でも一際大きな存在感を放つ化け物が立ち尽くす。

ゴブリンたちの総大将、ゴブリンキングだ。

それを倒さないことには、この統率されたゴブリンを振り切ることはできないだろう。

前を走る味方の一人が、小さく歯噛みする。

「この先、崖です！　奴等が放った火のせいで左右の森が通れないとなると、追い詰められました……ッ！」

後退し続けるしかない兵士たちは、ゴブリンに誘導されるように崖の下にまで追い込まれていた。

「……カルファ様は見つかったのか？」

分隊長が周りを見回す。

その言葉に、兵士の一人が俯いた。

「いえ、先ほどから姿が見えません。ゴブリンどもとの最大衝突のときから！」

「そうか、我が皇国の上層部は、攻め込まれたと知るや否や俺たちをとっとと捨てて逃げちまいやがった。そんな中でも、カルファ様は先頭に立って我らを鼓舞してくださった。カルファ様の顔に泥を塗るわけにはいかないな」

ポンと、兵士の頭の上に手を置いたのは分隊長。その瞳は、覚悟のそれに変わっていた。

後方には巨大な崖。逃げ場はない。

左右は既にゴブリン、ミノタウロス連合軍による包囲網。

満身創痍の状態で叫ぶ分隊長に、無数のゴブリンが襲いかかる。

「ウゴァァァァァァァァァッ!!」

一匹のゴブリンが、跳躍して鋭利な爪を分隊長に向ける。

緑色の血で錆び付き、綻び始めた直剣をゴブリンの腹に突き立てた分隊長は、ゴブリンの口から吐かれた緑色の血を一身に浴びていた。

分隊長は、最後に生き残った兵士たちの疲れ切った表情を見て、ギリと歯ぎしりをして――

「サルディア皇国の高貴なる兵士たちよ！　死に場所をここと心得よ！　一匹でも多く駆逐し、一匹でも多くの屍を築き上げろ。これが俺たちの、サルディアの魂だと、この下卑《げび》た化け物どもに思い知らせるのだッ!!」

鼻息を荒くしたミノタウロスや、ゴブリンキングの命令で一斉の突撃を仕掛けてくるゴブリンの軍勢を前に、追い詰められた兵士全員が覚悟を決めた、その時だった。

「よく言った、皇国兵士さん。イネス！　ニーズヘッグ！」

『ヴァアッァアアアァ!!』

皇国兵士の左方に突如、激しい轟音と共に、灼熱の炎が吹き荒れる。

ゴブリンはその炎撃により、喉が焼かれたかのような呻き声を上げていた。

闇夜に現れた漆黒の巨大龍は、口から極大の炎を巻き上げて、次々とゴブリンの群れを焼き焦がしていく。

「ウギャォヤァアアオォウゴォォ！！？？」

業火に身をさらされたゴブリンは、灰となって消えていく。

それに怯むこともなく、二メートルはあろうミノタウロスが一気にサルディア皇国兵士との距離を縮めようとするのだが――

「そのまま、じっとしていることをおすすめしますよ、愚物ども」

兵士たちの眼前に、三対の翼を持った美女が姿を現した。

その白く輝く一対のねじ曲がった角と左目から迸《ほとばし》る赤黒い魔力のオーラが、辺りを一気に彼・

女の色に染め上げていた。

「破壊魔法――黄泉の糸《ファーデン・ハデス》」

イネスは、迫り来るミノタウロスの間を瞬時に駆け抜けて、にやりと笑みを浮かべた。

兵士たちの方を振り向いたイネスが両手に持っていたのは、八つの牛頭だった。

頭と胴体が綺麗に分断された身体からは、赤黒い血が噴水のように湧き上っている。

「光栄に思いなさい。今から行われる、我らが主の美技を見られるのですから」

うっとりとした表情で、イネスは、新たに作られた包囲網に目を向ける。

「な、何だ……何が、どうなっている……!?」

いまだ現状を掴み切れていないのはサルディア皇国兵士。

崖の下に追い詰められていた自分たちを包囲していた魔物が、さらに突然現れた何者かに包囲されている。

「ゾンビ、スケルトンの軍勢多数！　なぜかは分かりませんが、魔物を背後から急襲している模様です！　分隊長、突破するチャンスは今しかありません！」

兵士の一人が、声の限り叫んだ。

全身骨格のスケルトンが、手持ちの剣でゴブリンを斬りつける。腐臭漂わせるゾンビが、無造作にゴブリンたちに噛みついて肉を引きちぎる。

そんな異様な光景を目にしながらも分隊長は、先陣を切って中央突破を試みた。

「全員、この隙にこの包囲網から脱出する！　俺に付いてこい！」

『――応ッ!!』

崖の下に追い込まれていた兵士たちが一転、内と外からの挟撃によって今度は魔物が隊列を乱し始めていた。

イネスは、両手一杯にミノタウロスの頭部を抱えながら恍惚とした表情で、自らの主であるローグの言葉を思い浮かべていた。


――魔物が皇国兵士を包囲殲滅しようとした時、背後にこっちの軍勢を位置づけよう。内と外から挟撃すれば、今度は魔物が俺たちの包囲の中に放り込まれる。鑑定士さんとの約束だからな、討ち漏らしは厳禁だ。右方をイネス、左方をニーズヘッグが攻めてくれ。後は、俺に任せておけ。


「あぁ、さすがはローグ様です……ふふふふっ！」

心底楽しそうな笑みが、イネスからこぼれ落ちる。

皇国兵士たちが、包囲網から逃げ出したところには、一人の青年が立っていた。

沈み掛けの満月の白光を背に受けて、魔法放出の準備に入ったローグ。片手を天に掲げ、優しそうな見かけから一転、目つきを鋭くした。

「破壊魔法――魔王の一撃《ブラックホール》」

ローグが、その手に溜まった魔法力を魔物の輪の中心に投げ込んだ瞬間、ゴブリンとゴブリンキングの間に一つの大きな暗い空間が現れた。

その空間に飲み込まれるようにして、全てのゴブリンが姿を消していく。

「空間魔法……だと⁉　いや、違う、何だ、あれは……⁉　ありえない、あんな桁違いな魔法力を、人間に使えるわけがない！」

サルディア皇国の分隊長は、己の目の前で起こった一瞬の出来事に、目を奪われ続けていた。

戦闘もようやく落ち着き始めた頃、へたり、皇国兵士が地面に尻餅をついた。

「た、助かった……？」

その顔は、生気が抜けたように腑抜けきっている。

そんな中で分隊長だけが事態の大きさに、いまだ警戒の念を解かずにいた。

「ローグ様。ミノタウロス八体の討伐が完了致しました」

『ゴブリンも大概は我の炎撃で屠るつもりだったのだが、良いところは主に全て持って行かれてしまったぞ。くはははは』

ローグ配下の古龍と魔王が、快活に笑う。

その様子を側で見ていた皇国兵士の一人が、ぎょっとしたように呟いた。

「ぶ、分隊長、俺も詳しくはないんですがあのドラゴン、子供の頃の絵本で読んだことがあるような気がしてなりません。もしや、『龍神伝説』の古龍ニーズヘッグでは、ないでしょうか」

一人の兵士の言葉に、ざわざわとし始める皇国兵士たち。

「馬鹿言え、そんなお伽噺の中にいるような古龍が、なんでこんな所にいるんだ」

「でも、隣の女も無数の黒い翼を持っていた。俺、子供の頃ばあちゃんから聞いたことあるんだよ。『夜更かししてる悪い子は、無数の翼を持つ女に攫われる。恐怖の魔王が、悪い子を引き連れていくんだ』って……」

「じゃ、そこの女は魔王だってのか？　魔族こそ滅亡しちゃいないものの、魔王なんてそれこそ遥か昔の話じゃねーか。魔王に憧れて破壊魔法を使おうとする魔法術師もいるくらいだからな」

「でも、さっき見たのはどっからどう見ても人外レベルの魔法だったぞ……？」

口々に言う兵士たちがいたが、イネスもニーズヘッグも、目の前の主に頭を下げたままだった。

分隊長は、小さくため息をついて、彼らの後ろの軍勢を一瞥する。

倒れたゴブリンを貪り喰うように肉を引きちぎり、本能のままに蠢くゾンビやスケルトンの集団だが、一向にこちらに攻め入る様子はない。それらのことに覚悟を決めたように呟いた。

「先ほどの援軍には、大変感謝している。俺はこういう者だ」

そう言って、分隊長は自分の胸に拳を宛がった。

瞬間、分隊長の横には空間に投影されたステータス画面が姿を現す。

【名前】　カルム・エイルーン
【種族】　人間族
【性別】　男
【年齢】　38

【職業】　剣士
【クラス】　C
【所属】　サルディア皇国第二部隊分隊長

ローグの首筋に、冷や汗が流れる。この儀式は、身分証明のようなものだ。

微かな笑みを絶やさずにいるローグは、「どうも、ローグ・クセルです」と手を差し伸べて握手の姿勢を作ってみる。

——だが、分隊長のカルムはそれに応じない。

世の中には、星の数ほどの人物がおり、能力があり、職業がある。

あっという間に命を取られる危険性を孕《はら》んでいるために、まずは自分に敵意がないことを示すための方法として、こうしたステータス画面開示によって友好を証明するのが一般的なのだ。

「……先に言っておくが、俺に敵意はないよ」

【名前】　ローグ・クセル
【種族】　人間族
【性別】　男
【年齢】　18
【職業】　死霊術師《ネクロマンサー》

【クラス】　不明
【所属】　無

ローグの横にステータス画面が表示されると同時に、サルディア皇国の兵士たちの間にどよめきが走った。

カルムは言う。

「やはり、禁忌職だったか。後ろのスケルトンやゾンビの軍勢は、貴殿の手持ちのものだったのだな」

「いや、そんな身構えなくても大丈夫だ。俺とて、皇国兵士さんたちと一戦交える気はないよ」

努めて笑顔でいるものの、カルム含めた兵士たちの表情は、安堵のものから怯えのそれに変わっていた。

こうなることは分かっていた。だから、ローグはこれまでステータス開示に応じてこなかった。

これは、挨拶を返さないことと同じくらいに失礼なことなのだが、今回ばかりはそうはできない。

彼らを救えば、世界七賢人とも呼ばれるカルファ・シュネーヴルの特殊スキル、《隠蔽》の能力で、職業を隠すことができる。

それだけが、今のローグの望みだった。

死霊術師《ネクロマンサー》は、死霊や死者を操る死霊術を用いることに長《た》けた職業である。

「死霊術師《ネクロマンサー》って言ったら、今までも碌なのがいないじゃないですか……！　数千の不死の軍勢で一国を滅ぼしたり、美女だけを攫って殺して蘇生させて自らの王国を作り、死体を使って残虐の限りを尽くす、イカれた連中ですよ……！」

ローグの言葉を聞いた兵士の一人が、思わず恐怖を口にした。

カルムは冷静を装ってローグに頭を下げた。

「サルディア皇国分隊長として、お願い申し上げる。我々を救っていただいたことは感謝してもしきれない。だが、どうか……どうかこの地で戦死したサルディアの魂は、安らかに眠らせてやってはくれないだろうか。この通りだ。彼らは、祖国の誇りだ」

畏れ、怯み、かしずく。

死霊術師《ネクロマンサー》というだけで嫌われ、畏れの念を抱かれるのだ。

ローグには、祖国という概念はない。

生まれ落ちた時は、どこかの国の孤児院だった。

十二歳を迎える頃まで、そこから外に出ることは一度もなかった。

孤児院で過ごすときから、背後にはスケルトン、ゾンビの存在が見えていたため、常にローグは気味悪がられ、近寄られることも無かった。

十二歳の頃に各個人の能力適性と最適職業を測る神からの神託を受けるべく、礼拝堂に赴けば禁忌職業の死霊術師《ネクロマンサー》を引き当てた。スケルトンやゾンビがローグの背後に見えていたことの証明は為されたものの、余計に嫌われるようになる材料になるだけだった。

その後、孤児院は魔族の襲撃により崩壊。唯一生き残り、一人で生きていくことを余儀なくされたローグは、国というものに対して何の感情を抱くこともなかった。

だが、誇りをもって守ろうと思えるモノがあるという時点で、ローグには羨ましささえ感じられた。

そんな思いを抱きながらローグは、誰よりも強くなって皆に認めてもらおうと、死ぬ思いで努力したら、今度は嫌われた上に怯えられるようになっていた。

結局、生まれてこの方ローグには、友達がいたこともなかった。

兵士の言ったような大それた野望など抱いたこともないのにもかかわらず。


――死霊術師《ネクロマンサー》という職業は、とことんツキがない。


失望混じりに、ローグは呟いた。

「見たかい、鑑定士さん。これが、鑑定士さんの力を借りたい理由だよ」

ローグが振り向いた先には、カルファがいた。

ゴブリンたちは既に一匹残らず屠られ、ゾンビやスケルトンの軍勢は動かない死体をなおも斬りつけ、噛みついている。

「か、カルファ様……!?　どうしてここに!?」

月は沈み、太陽が地平線から昇る。

スケルトンやゾンビの集団が、それらを避けるように我先にと地中に姿を消していく。

そんな様子を見ながら、カルファは言う。

「あなたたち。今すぐに既存の死霊術師《ネクロマンサー》の認識を改めなさい、とは言いません。ですが、この方たちは私たちの窮地を救ってくださった、英雄です」

『……はっ！』

カルファの言葉に、困惑しながらも返事をする兵士たち。カルファはローグの方に向き直った。

「世界七賢人の威信をかけて、お約束通りローグさんの職業を隠蔽致します」

「あぁ、助かるよ。隠蔽って言っても、ステータス表記上の死霊術師《ネクロマンサー》が消えるだけだから変わらないんだけど、これを隠せるってだけで俺は今までの人生で一番嬉しいよ。これで、どっかで新しい職業になって友達ってやつを作ってみたいね」

「それで少し、提案があるのですが、よろしければ、サルディア皇国内にある冒険者ギルドで、『冒険者』をやってみませんか？」

カルファは、何か考え込むような素振《そぶ》りで言ったが、ローグ側にはメリットしかない。

今までは職業を隠蔽し、放浪生活を送るしかなかったのに居場所までも提供してくれるのだから。

「冒険者か……それもいい。失った時を取り戻すには、一番かもしれないからな！　ここが、俺のスタートだ！」

夜が明け、不死の軍勢は土に還っていく。

次の主の命令があれば、再び闇夜から姿を現すことにはなるが——当面の間、それらの軍勢を使うときはこないだろうと思いつつ。

「それはそうとしてローグさん……イネスさんと、ニーズヘッグさんは一体どうなるのでしょう」

カルファが、後ろで主の悲願達成を祝ってうるうると涙を流している二人を見る。

「あいつらも、一緒に連れて行ってもらっていいかな？」

「ええ、もちろんです」

こうして、世界最強クラスの元・死霊術師《ネクロマンサー》とその配下、魔王と古龍の長い放浪生活が幕を閉じたのだった。

第一章　死霊術師、冒険者になる。

朝日は昇り、サルディア皇国首都は平常通りに動き出していた。

だが、誰もが表情に不安を隠せずにいる。

昨夜の魔物襲撃のことは既に市民にも伝わってはいるものの、一人の女性が直接市街に出向いていることで、混乱は大部分が解消されているようにも見える。

皇国の銀鎧を纏って、首都の街並みを歩くのはカルファ・シュネーヴル。

首都の民の不安そうな挨拶に、一つ一つ笑顔で返事をしながら、街で最も大きな建造物の中に、三人と一匹は入る。

ガラス張りの窓と、敷き詰められた大理石は、長く放浪生活を続けてきたローグにとって全てが新鮮だった。

「ここが大聖堂です。元はナッド・サルディア陛下がこの地を統治していた場所なのですが、先ほどの兵士からの報告によると、陛下は逃亡していた先で、ゴブリンたちの軍勢の襲撃に遭い、死亡したことが確認されました。カルム」

カルファが凛として言うと、そこに跪《ひざまず》いていたのは、先ほどローグが救った兵士たちだった。

その先頭にいるカルムは朝の光に反射して輝く、両手に収まるほどの水晶玉を持ち出した。

「本当によろしいのでしょうか、カルファ様」

ちらりと、ローグたちを疑念の目で見るカルムだが、カルファはそれを一蹴する。

「前皇帝、ナッド・サルディア様の死亡が確認された現時点において、皇国の最高責任者は私です」

「はっ」

カルファは、ローグたちに言う。

「これより、カルファ・シュネーヴルが鑑定特殊スキル《隠蔽》を使用します。ローグさん、まずはこの水晶玉に手を当ててみてください」

「あぁ、こう……でいいのかな」

その横では、興味深そうにに辺りを見渡すイネスの姿があった。

「それにしても……」

と、カルファが苦笑い気味にローグの肩に目を移した。

『なんだ小娘。我に……よっと、何か用か』

「ニーズヘッグさん、そんなに小さくもなれたんですね」

『あぁ。この姿は力加減がきかぬのでなるべくは避けているのだがな。主の命とあらば仕方があるまい』

ローグの肩に、よじよじと登ったのは一匹の黒いドラゴンだった。

身体が極限まで小さくなり、ローグの右肩にぴったりとつかまる可愛らしい小龍に、カルファはついにやけながら手を差し伸べてしまう。

『気安く触れるなよ小娘。この身体の小ささと、夜間以外には力が半減してしまうとはいえ、お主を消し炭にする程度は造作もないことだ』

キシャァと、牙を向けられたカルファだが、それがむしろ彼のかわいさを助長しているようにも思えた。

十メートル級の巨龍が随分とミニマム化されたニーズヘッグの鱗は、角質ばった鱗ではなく、むしろ生まれたての小動物のようにぷにぷにとした質感がある。

「イネスさんと、ニーズヘッグさんは他のスケルトン・ゾンビの軍勢のように夜間に消失するわけではないのですか？」

「あぁ。不死の軍勢は、一般的な死霊術師《ネクロマンサー》のスキル《蘇生術》なんだが、この二人には死霊術師《ネクロマンサー》の最高到達スキル《受肉術》を使ってる。不死の軍勢は不完全蘇生、二人は完全蘇生ってとこだ」

「《受肉術》……!?　世界七賢人がずっと研究して、いまだ成功例がない、太古の昔に滅びた遺骸を現世に呼び戻す、あの《受肉術》ですか!?」

食い気味にカルファがつっかかる。

肩の上でのんびりと伸びをするミニマムニーズヘッグと、ローグの腕に絡まりとろんと恍惚の表情を浮かべるイネスを見比べた。

「そ、そんなに驚くことじゃないと思うんだけど……？」

「最低でもＳＳランクレベルの技術と魔法力が必要だからと結論づけて諦めかけていたんですよ!?」

　ローグは、頭をうんうんと悩ませつつ呟いた。

「その、SSランクってのがいまいち分からないんだよな。挨拶のステータス開示の時は、大体どこにも所属してなかったからよくは分からないんだ」

「それに関しては、冒険者ギルドで説明を受ける方が早いとは思いますが……。なるほど、近付こうとする人もなかなかいなかったせいで、死霊術師《ネクロマンサー》は未解明のスキルもたくさんありますからね」

　カルファが水晶玉を見つめながら呟いていると、水晶玉は青に発色しながらローグの体を優しく包んだ。

「おー……」

　感嘆の声を上げるローグに、カルファは言う。

「これでローグさんの職業は、完全に隠蔽されましたよ。職業適性がなかったので、職業としては《冒険者》としておきましたので、首都最大の冒険者ギルドで冒険者登録をしてみることをおすすめします。もちろん、登録するためには多少の実力試験がありますが、ローグさんに関しては心配ないと思いますので」

《冒険者》という甘美な言葉に、ローグは心底打ち震えていた。

　死霊術師《ネクロマンサー》から転職すれば、今までのように挨拶時のステータス開示に億劫になることもない。

「よし、それなら早速その冒険者ギルドとやらに行ってみようか。イネス、ニーズヘッグ、行くぞ！」

「――仰せのままに」

『こんなに喜んでいる主を見るのも、初めてかもしれぬな。感謝するぞ、小娘。くははは』

「小娘じゃありません！　私の名前は、カルファ・シュネーヴルです！」

そう言いながらも、カルファは笑みを浮かべていた。

半ば走り気味に大聖堂を後にするローグ一行を見守っていると、カルムがそっとカルファに耳打ちをする。

「カルファ様。別れのようにお送りされるのは構いませんが、本日の冒険者ギルド実力試験の試験官は、カルファ様のはずでは――？」

カルムの囁きに、カルファはさっと表情を青ざめさせた。

「現状、魔物の来襲と、ナッド陛下の死去を外部に知らせるわけには参りません。何卒、よろしくお願いします」

「分かっていますよ。全く、巨大な戦力を手に入れたとはいえ、考えることが山のようにありますね……」

カルファ・シュネーヴルの胃痛は、ひどくなるばかりだった。

＊＊＊

サルディア皇国冒険者ギルドの建物は、小綺麗な酒場のような雰囲気だった。

シンプルに、長方形の箱のような形をしている。

おまけ程度に、その建物の正面には『冒険者ギルド　アスカロン』と書かれた看板が立てかけられているだけだ。

ギルドの扉に手をかけたローグは、少し深い息を吐いた。

「どうされましたか？　ローグ様」

イネスが心配そうにローグを覗き込む。

「少しだけ、緊張してるみたいだ。死霊術師《ネクロマンサー》でない俺を人に見せるのは、これが初めてだからな」

「ご心配はありません。ローグ様ならばきっと、優秀なお友達を見つけることができます。その時に、私たちを見捨てないでくだされば、それだけでイネスは幸せでございます」

ぎゅっと、主の手を握るイネスに、肩にちょこんと座るニーズヘッグも続く。

『我とて、主の役に立てるのであれば光栄だ。何なりと、申しつけるがいい。この世に再び全盛期の力のまま蘇生してもらえた分の恩は、返すつもりであるからな』

扉を開けば、ほわりと腹の減る匂いを漂わせる空気が満ち満ちていた。

カウンターの受付嬢が忙しなく接客に応じる中で、新たに入ってきたローグたちを見てにこりと笑顔を浮かべる。

「初めまして、サルディア皇国の冒険者ギルド・アスカロンへようこそ。本日新しく冒険者認定試験を受ける方でしょうか？」

にこにこと応じる受付嬢に、ローグは言う。

「あぁ、職業適性に《冒険者》が出たからね」

自信満々にローグが言うと、ぴたりと酒場内が静まりかえった。

「……俺、何かおかしなことでも言ったか？」

ローグは訝しげにイネスに問うが、彼女も、肩に乗るニーズヘッグも首を傾げるばかりだ。

受付嬢は苦笑いを浮かべながらも、しどろもどろにローグへ告げる。

「ま、まぁ、その、冒険者といっても十人十色と言いますし、これから少しずつ冒険者ギルド内で経験を重ねていけば、いずれ適正がはっきりすることもありますから、その、そこまで気落ちされない方がいいですよ？」

何か、ローグに隠すような物言いをしたので、イネスが苛々し始めたのが分かる。

そんな中、鉄の鎧を身に纏った男がやってくる。

「やぁやぁ、君があまりにも自信満々にギルドに入ってくるもんだから、皆どの専門か見極めたかったんだよ。どのパーティーも専門職は取り合いになっちゃうからね」

「どういうことですか？」

ローグが問うと、青年は言う。

「簡単なことさ。ほら、これがオレのステータスだ」

青年は自らの横にステータス画面を表示した。

【名前】　ラグルド・サイフォン

【種族】　人間族
【性別】　男
【年齢】　24
【職業】　冒険者《剣士》
【クラス】　C
【所属】　冒険者ギルドアスカロン　ドレッド・ファイア

「これが基本のステータス画面なんだよね。ここから、冒険者ギルドに所属する場合は、新しい項目が追記されるんだ」

そう言って、青年――ラグルドは親切にもステータス画面の職業の画面を押す。

すると、彼の目の前には新たにツリー状にもう一画面が追加される。

【職業】　冒険者《剣士》
【レベル】　42／100
【経験値】　859
【体力】　B
【筋力】　B
【防御力】　D

【魔法力】　E
【俊敏性】　C
【知力】　E

「っと、こんな感じでね。前衛の剣士や戦士部隊、中衛の魔法術師のような後方支援部隊、そして後衛の回復部隊……みたいなのが冒険者パーティーによくある編成だ。オレは筋力、体力が人より自信があるから《剣士》ってのが職業適性になる。

例えばウチの奴等だと、魔法力が秀でている奴は《魔法術師》、俊敏性が秀でていれば《盗賊》《シーフ》……ってな感じで、それぞれに役割が割り振られるんだよ。いつかはSSランクの能力者になるのが、オレの夢なんだ！」

そう言って目を輝かせるラグルドに、ローグは「SSランク？」とオウム返しをした。

「あぁ、世界七賢人……サルディア皇国だと、カルファ・シュネーヴル様が【知力】の値でSSランクを保持しているんだ。SSランクともなると、人類最高到達点として世界七賢人に匹敵するんだろうけど、道はなかなかに遠いんだよねぇ」

それら全てを聞いたローグは、手をポンと叩いて納得げに頷いた。

「なるほど。ってことは、まだ《冒険者》としか出ていない俺は、全体的に秀でた能力がないってことになるんですね……」

「で、でもそんなに落ち込むことはないよ。過去にも、冒険者の専門職適性が見つからない人もちらほらいたんだし、冒険者ギルドに来て、しばらく小さな依頼からコツコツこなして修行をしていって、最終的に自分の得意な専門職を手に入れることもあるからね」

今まで人の親切というものに触れたことがなかったローグは、心底感動した。

こうして普通に笑い合いながら話せるのも、全て死霊術師《ネクロマンサー》という職業が隠蔽されているおかげだった。

とはいえ、冒険者としての専門職の適正に関しては、残念ながら見つかっていないようだが……それでも、以前に比べるとよっぽどいい。

「では、ローグさん。まだ専門職が決まっていないので専門職適正欄は空けておきます。受験に際して、この水晶玉に手をかざしてください」

受付嬢が水晶玉を差し出す。

ローグは、言われたとおりに手を差し伸べる。

今まで、どこにも所属していなかったために全く分からなかった自分の能力値を、初めて見る機会ということで少しだけワクワクした。

【名前】　ローグ・クセル
【種族】　人間族
【性別】　男
【年齢】　18

【職業】　冒険者（死霊術師）
【所属】　冒険者ギルド　アスカロン（仮）
【ギルドランク】不明

なるほど、隠蔽された職業はカッコ書きで描かれていた。イネス、ニーズヘッグは隠蔽された（死霊術師）の文字を視認しているらしいが、受付嬢やラグルドには見えていないらしい。

ローグは次に、職業の画面をツリー状に開いた。

「……え？」

すると、受付嬢が口をぽかんと開けた。

【職業】　冒険者
【レベル】　150／100
【経験値】　99,999,999
【体力】　SSS
【筋力】　SSS
【防御力】　SSS
【魔法力】　SSS
【俊敏性】　SSS

【知力】　SSS
「……ナァニコレ」

ラグルドが固まった。

受付嬢は、信じられないものを見るような目で、ローグのステータス画面を上下に何度も見直した。

「ま、ま、まさか……!!　ローグさん、どの数値も秀でていないから職業適性が出ないんじゃなくて、どの数値も優秀すぎて職業適性が絞れないってだけ……!?　うそでしょ……!　何、この数値、こんなの、見たことがないんですけどぉぉぉぉぉぉぉぉぉぉ！！？？」

瞬間、ざわつき始めていた酒場が、再びぴたりと静まりかえった。

受付嬢は、口をパクパクさせながら言う。

「経験値は、今までの人生全ての経験が累積して、数値化されたものですよ……？　きゅうせんきゅうひゃくきゅうじゅうきゅうまん、きゅうせんきゅうひゃくきゅうじゅうきゅう……？」

何度も何度も桁数を数えるが、事実は変わらない。

振り返ってみれば、死霊術師《ネクロマンサー》として生活していたときは、配下の不死兵が暴走した際に、数百の軍勢を腕力一つで止めなくてはならないことが何度かあった。

さらに、受肉させたばかりの頃のイネスやニーズヘッグは、自らの力で世界を征服しようとして何度も何度もローグに叛旗を翻《ひるがえ》してきた。

その度にいくつもの死闘を繰り広げ、時には一地域の生態系に影響を及ぼすほどの戦いをしながらもローグは返り討ちにしてきたのだ。

何千、何百回と自分の配下と戦い、信頼を勝ち得たローグの経験はいつの間にか凄まじいものになっていたのだった。

「す、凄い！　凄すぎるよローグさん！　オレもこんなの見たことがないよ！　世界七賢人の方々よりも上のランクって、あったんだね！」

「ラグルド！　抜け駆けは許さないよ！　ねぇローグさん。良かったら私のとこのパーティーに来ない？」

「ちょ、ちょっと待て！　ウチだってちょうど中衛の魔法術師が不足してんだぞ！」

「わたしのところも、今実力のある剣士がいないの！　お願い、ローグさん！　ウチのパーティーに是非！」

堰を切ったように冒険者たちがローグの周りを囲む。

「ローグ様……！　ローグ様、取り巻きの排除の許可を！」

「だ、ダメに決まってるだろ！　ちょっと待って、皆さん落ち着いて!?」

『くはははは。主は人気者だな』

「言ってる場合か！」

もみくちゃにされて、次々にパーティーへと勧誘を誘われるローグ。

こんなにも人に頼られ、近づかれたことがないローグは、柄にもなく動揺していたのだが、そこに救世主が現れる。

ダンッ!!

持っていた発泡酒――エールを机の上に叩き付ける音がした。

「うるせぇぞテメェら！　よりにもよって、冒険者資格もねぇクソガキ一人にへこへこしやがって、プライドねぇのか!?」

ただ一人、椅子に座ったまま食事を続けていた強面《こわもて》の男が声を荒げる。

獅子のようなタテガミを持つ、筋骨隆々とした中年の男。

口の周りの無精髭に、白髪交じりではあるがそのギラギラとした眼光は一向に衰える様子がない。

左目の辺りには、まるで獣に引き裂かれたように潰れた跡がある。

残った右目でギロリと他の冒険者たちを睨み付けた男に、ラグルドは言う。

「いやいや、仕方がないでしょう。グランさんだって、SSSランクなんて見たことがないでしょ？」

「あぁ、そうだな。そいつが本当にSSSランクだったら、の話だがな」

「……？」

傷ありの男、グランの言葉に冒険者たちが押し黙る。

グランは立ち上がって、ローグの前に立った。

「世界七賢人でさえ、どこかの力が特化してSSランクになったという。こんな若造が全ての項目でSSSだなんて、俺は信じねぇ。能力を捏造している可能性もあるんだからな。大体、こんな数値が世の中に存在するわけねぇだろう。水晶玉を信じ切って、たとえ一ミリたりとも疑おうとしないその神経が信じられねぇよ」

ローグに指を突きつけて、酒臭い息を吐くグランは、立てかけていたボロい直剣を肩に担いだ。

ラグルドは、ローグのご機嫌を取るかのように「そんなことこそ、あるわけないでしょう?」と苦笑いを浮かべる。

「ステータスの隠蔽、改竄《かいざん》なんて所業、誰ができるって言うんですか」

「それこそ、俺たちの大将《カルファ・シュネーヴル》の得意分野じゃねぇか。あの小娘だって、自らの能力を偽って、実力を誤魔化して相手を油断させてから屠り続けた策士なんだからよ。世界中探せば、そんなことができる奴はゼロでもねぇだろ」

「はっ! カルファ・シュネーヴル様がたかだか一介の冒険者に肩入れするなんてことこそ、有り得ないと思いますけどねぇ、ローグさん。……あれ、ローグさん?」

ラグルドが慰めるようにローグの顔を覗くが、ローグはバツ悪そうに顔を背ける。

『あのおっさん、遠からず近からずってところをついてくるのだな、くははははは』

「笑えないけどな……」

ニーズヘッグが耳元で囁いたのを、ローグは引きつった笑みで返すしかなかった。

「ともあれ、お前さんの実力はこの後分かるだろうよ。精々、化けの皮が剥がれねぇようにするんだな。何をやったのかは知らねぇが、ＳＳＳランクなんて阿呆臭いモン出しやがって。間違っても俺たちの邪魔はしないでくれよ」

ぐびりとエールをあおったグランは、居心地悪そうにギルドを後にした。

ローグの後ろでは、ひそひそと噂話が流れている。

「グランさん、そういえば今度でＡランク昇格試験は三度目なんだってね」

「そういえば、そろそろオレたちも昇格試験じゃないか！　ロ、ローグさん！　とりあえず、また後で詳しい話聞かせてよ！」

そう言って、ラグルドをはじめとする多くの冒険者がいそいそと自分たちの準備を始める。

どうやら、冒険者になるための試験を受けるローグたちと、冒険者としてのランクを上げるための試験が同時に行われるらしい。

再び酒場内がざわざわとしてくると、ようやく人波を掻き分けてローグの隣に立ったイネスは、殺気を込めて呟いた。

「ローグ様、あの者はローグ様を侮辱しました。万死に値します」

「落ち着けイネス。いいじゃないか、怖がられて、怯えられるよりもよっぽどマシだ。それに、これから友達になるかもしれないだろ？」

「ローグ様を悪く言う輩《やから》とまで、お友達になろうとせずとも良いのでは……？」

「あの男の言ってることも、あながち的外れじゃないよ。別に、ちょっとやそっとバカにされたくらいで殺気立てるようなことじゃない」

「はっ。失礼致しました。ローグ様の器の大きさに、感服するばかりです」

ローグは、小さくため息をついた。

そんな中で、少し動揺しつつも受付嬢が再びローグの前に立った。

「あ、あの……そろそろ冒険者のギルド試験が始まりますので、用意をお願いします」

こうして、ローグが冒険者になるための試験が、不穏に幕を開けたのだった。

＊＊＊

冒険者ギルド実力試験に参加する面々の表情は固い。

アスカロンの前に集った冒険者たちの前には、一人の女性が壇上に立っていた。

「今回の実力試験に立ち会うことになった、カルファ・シュネーヴルです。どうぞ、皆さんの日頃の研鑽《けんさん》を見せていただければと思います。今回は冒険者認定試験の受験者が一組、昇格試験の受験者が二組となっていますね」

手元の資料に目を通したカルファは、ちらりとローグたちを見た。

目を向けられたローグは、手をひらひらと振って答えると、カルファは会釈《えしゃく》だけして続ける。

「一組目、ローグ・クセル。二組目、ラグルド・サイフォン率いるCクラスチーム、ドレッド・ファイア。三組目、グラン・カルマ率いるBクラスチーム、獅子の心臓《レグルス・ハーツ》ですね。準備はよろしいでしょうか？」

「おう、いつでもいいぜー」

「は、はい！　頑張ります！」

「……」

ローグ、ラグルド、グランはそれぞれ壇上のカルファに返事を出す。

ラグルドとグランの後ろにいる冒険者たちが、彼等のパーティーメンバーなのだろう。

皆、硬い表情を崩そうとしていない。それほどの緊張がうかがえた。

「では、Aランク昇格試験を受ける獅子の心臓《レグルス・ハーツ》の方々は、首都外れの中階位層ダンジョン、デラウェア渓谷の最深第十階層ボスであるオロチの討伐を。オロチの特徴として上げられるのは、頭部が八つあること。そして神経毒を吐き出すことです。これらを踏まえた上で、Aランクに位置づけられるオロチの頭部八つを納品すれば、Aランク昇格試験の合格となります」

事務的に、書類を読み上げるカルファ。

命令された獅子の心臓《レグルス・ハーツ》の面々の表情が一気に引き締まる。

隣で、ラグルドが苦悶の表情を浮かべていた。

「オ、オロチ。Aランクの中でも相当強い部類の魔物を昇格試験に持ってくるなんて、カルファ様は相変わらずだな……！」

「鑑定士さんって、そんなに厳しいんですか？」

ローグが問うと、ラグルドは強張りながらも頷く。

「あぁ。カルファ様の行う試験では、合格者は少なくなるんだ。だがその代わり、成功したときにはカルファ様のお墨付きってことで、ギルド内ではちょっとした英雄になれるんだけどね」

グランは、冷えた目つきでローグを睨み付ける。

ローグはそれに対して反抗的な態度はとらないが、後方でじっと待機しているイネスの方が代わりに鋭い殺気を放っている。

「ちなみに、ローグさんの最初の任務はデラウェア渓谷第一階層での清掃任務です。渓谷の第一階層は、魔物の死骸やマナーの悪い冒険者たちによるポイ捨てなどの影響で大きなゴミ屋敷と化していますからね。よろしくお願いします」

なるほど、と。ローグはポンと手を打った。

「人々の役に立つのが冒険者なんだから、当然だな。そういう任務を積み重ねていくことで、人の信頼を勝ち取っていくのか……！　冒険者という職業は、どこまでも深いな」

「ローグ様、私たちも力の限りサポート致します！」

『何か周りと温度差が激しいように思うが、我もできうる限りのことはしようぞ』

ローグチームが互いに結束を固める中で、カルファは最後にラグルドチームのもとに行っていた。

「えぇと、最後にドレッド・ファイアの皆さんですが、Bランク昇格試験とのことで第六階層の階層ボス、筋肉狼《マッスルウルフ》の群れの討伐ですね。ローグさんチームの清掃任務が二時間、獅子の心臓《レグルス・ハーツ》の階層攻略が一時間と考えれば、六階層の方にも少しは顔を見せられるかと思います」

「カルファ様!?　オレたちまさかのついでですか!?」

「い、いえ、そんなことはありませんよ!?　ひ、人手不足ですから……」

しどろもどろになりながらカルファは目をそっぽに向けていた。

そんなラグルドとカルファのやりとりを尻目に、グランは静かに自分たちのチームの下に戻っていったのだった。

＊＊＊

デラウェア渓谷第一階層。

首都外れの洞窟に一行が足を踏み入れると、ねじ曲がったかのような巨大な空間が広がっていた。

第一階層に見えるのは数々の回復薬《ポーション》の瓶、投げ捨てられた鎧や、パーティー用のキャンプで使用したであろう物品などなど、様々なものが至る所に散らばっていた。

そんな様子に目もくれずに、チーム獅子の心臓《レグルス・ハーツ》はカルファに片膝をついた。

代表のグランが、告げる。

「獅子の心臓《レグルス・ハーツ》三名。第十階層ボスのオロチが八つの頭部納品任務を承りました」

「くれぐれも、命だけは大切に。健闘を祈っています」

カルファが祈りを捧げると、グランたちは第十階層まで続く階段を下っていく。

第一階層は、おおよそ森一つ分の広さで、草原に囲まれている。

そこに散乱するゴミは無数にあり、とてもではないが手ぶらで片付けられるような量ではない。

「あの後、準備時間があったんだから市販の収納袋を買っておけばいいのに、ローグさん、結局何も買わずにきちゃったんですよね。本当に大丈夫かなぁ……？」

そんなラグルドの言葉だったが、カルファは苦笑いを浮かべつつ、ローグたちを見た。

ローグの後方にいたイネスとニーズヘッグが二手に分かれ、広大な草原をおおまかに一周してローグに何かを伝える。

それに快く頷いたローグは、両手を大きく広げた。

「龍属性魔法、大竜巻《タイフーン》」

ローグがそう宣言すると同時に、彼の手からは洞窟の天井まで届くほどの巨大な竜巻ができる。

『む、我がかつて教えた魔法だな。主よ、随分と魔法力消費の効率が良くなったものだな』

「ニーズヘッグの教え方が上手かっただけだよ」

『くはははは。そう言ってもらえると、我とて鼻が高いな』

上機嫌なニーズヘッグは、ローグの肩の上で高笑いをしながら竜巻の行方を目で追った。

その竜巻は、ゆっくりと洞窟内を動き回って、落ちているゴミを全て拾い上げていく。

「破壊魔法の魔王の一撃《ブラックホール》……っと、よし、終わり」

拾い上げられたゴミは全て、ローグが自身の隣に生成した大きく黒い穴に吸い込まれていく。

「完璧でございます、ローグ様」

「イネスに教わったけど、こればっかりは習得に時間がかかったからな。でも、あると便利だよな。鑑定士さん。これで大丈夫かな？　多分、ゴミの取りこぼしはないと思うんだけど」

洞窟内の全てのゴミが発生した竜巻によって集積され、ＳＳランクの世界七賢人でも使えないとされる伝説上の魔法に全て吸い込まれていく。

「……し、試験合格です……。一応確認してみますが……どうやら、全てのゴミが取り除かれています……。冒険者認定試験、合格。記録五秒は、世界最速です……」

カルファが、震えながら言うとラグルドは白目を剥いて地面に突っ伏した。

「ＳＳＳランクって、もはや何でもありなんだね!?」

ラグルドの虚しい叫びが、綺麗ピカピカになった第一階層に響き渡ったのだった。

＊＊＊

第一階層とは打って変わって、第六階層の地面は数々の白骨で埋め尽くされている。

おおよそ二五メートルほどの円形の部屋の壁には、数々の黒い穴が空けられていた。

ここの階層ボスである筋肉狼《マッスルウルフ》の巣窟である。

「でぇえやぁぁぁぁっ!!」

ラグルドは、迫り来る筋肉狼《マッスルウルフ》の爪攻撃を直剣の腹で受け止める。

「シノン、援護！」

「あぁ、分かってる！　衝撃魔法大地の雄叫び《エアド・アーザー》！」

ドレッド・ファイアの唯一の構成メンバーでもある、槍使いシノン。

短く切り揃えられた紫髪に、胸に巻いたサラシ。首から提げた碧色のペンダントがきらりと光る。

「うらぁぁぁッ!!」

女ながらに雄々しい声を上げて、シノンは穂先を、筋肉狼《マッスルウルフ》の最も皮膚の薄い顔面に突き立てる。

動かなくなったBランクの魔物に、「よし！」と拳を掲げるが、そんな悠長な時間はなかった。

「ラグルド！　五時の方向から追加で四頭来るよ！　十二時の方からも新たに三頭追加！」

お互いが背を任せ合う形で、密に連携を取り合いながら忙しなく動く。

「あぁ、もう！　シノンさー、ヘルプで魔法術師と近接職業持ちを連れてきておけばよかったね！」

「そんな奴等を雇う金、このパーティーには、ない!!」

「知ってるよ!!」

筋肉狼《マッスルウルフ》は、全身が固く太い筋肉で盛り上がっている。

バネのような筋肉から繰り出される跳躍力。そして強靭な顎はこれまで数々の魔物や冒険者たちを屠ってきた。

壁に空いた黒い穴は、奥の空間で繋がっているためにどこから出てくるか分からない。

少しでも二人が連携を怠ると、隠れている筋肉狼《マッスルウルフ》は、大挙して押し寄せてくるだろう。

「ラグルド！　回復薬《ポーション》渡しとくからさっさと回復しな！」

Zzz

「助かる！　残りはいくらだ？」

「二つだ。お互い一回ずつ使ってなくなる！　最近は回復薬《ポーション》も値段が張ってるからな！」

そんなドレッド・ファイアの戦い振りを、階層階段付近で見守る三人と一頭がいる。

「これが、冒険者の戦い方か……！　カッコいい、これはカッコいいな!!」

カルファは、手持ちの書類に目を通しながら、晴れて新人冒険者となったローグに苦笑いを浮かべる。

「ふふふ、ローグさんは大げさですね。みんなこうして戦っているのですよ」

「そんなことはないぞ、鑑定士さん！　背中を合わせて互いが互いをサポートしあう。そして密に連携を取り合って強大な敵に立ち向かう。これぞ冒険者、これぞ仲間の本当の姿ってもんなんだからな！」

「で、ですがローグさんもあの強大な兵力とイネスさん、ニーズヘッグさんという信頼できるお仲間をお持ちではないですか」

おずおずと、ローグの腕にぴっとりと寄りつくイネスと、ローグの肩ですやすやと寝息を立てるミニマムニーズヘッグを見てカルファは言う。

そーっと、カルファがニーズヘッグのぷにぷに肌を触ろうとするが、触れようとした瞬間に、敏感にも気付いたニーズヘッグがきらりと白い牙を見せつけている。

「そうだなぁ……」

ローグが、ニーズヘッグの頭をなでなでとさすると、気持ちよさそうにゴロゴロと喉を鳴らすのを見てカルファは心底落胆していた。

『くはははは。仲間か、いいではないか。主に徒《あだ》なす者を燃やし尽くし、切り刻み尽くし、国もろとも消し炭にする役割を担う者のことだろう？』

「良いことを言うではないですか、ニーズヘッグ。ロ一グ様の悲願は、全世界の方とお友達にならない者を全て滅ぼすことが我々の使命です。ローグ様のお友達になられることなのですから」

「ってことだ、見たか鑑定士さん。距離感だけは間違えずに首輪をしっかりとつけておかないと大変なことになるだろう？」

「ローグさんも、大変ですね……」

「それに、俺は死霊術師《ネクロマンサー》だからって、むやみに人を傷つけたこともないし、蘇生させたこいつらが人を傷つけることを断じて許すつもりもないからな。……もちろんだけど、友達にならないやつ皆殺しなんて過激なことは思ってないからね？　そんなこと言ってるのこいつらだけだからね!?」

「ふふふ、分かっていますよ」

焦るように言うローグに、カルファは面白そうに笑っていた。

そんな中でもドレッド・ファイアは着実に、一頭ずつ筋肉狼《マッスルウルフ》を片付けてゆき、それを見続ける三人。

「ラストだ！　シノン、気張ってくれよ！」

「回復薬《ポーション》も切れた！　ここで怪我しても戻るまでは治せないから、覚悟してかかるんだね！」

試験も大詰めを迎えようとしていた。

ドレッド・ファイアの足下に転がる筋肉狼《マッスルウルフ》の死体は十一つ。

足音からして、生き残りはあと三頭あたりだろう。

今の状況からしても、余力が残されている。

「こちらの方も、どうやらクリアになりそうですね」

カルファが、パーティーメンバーそれぞれの書類にチェックを入れていく。

と、その瞬間だった。

『主よ』

肩の上でうたた寝していたニーズヘッグがぴくりと跳ねるようにして宙に浮かぶ。

「ローグ様。第十階層にて何か不穏な空気を感じます。いかが致しましょう」

ニーズヘッグとイネスの進言に、ローグは「あぁ、俺も今感じたところだ」と即答する。

「え、え？　第十階層？　何が……何が起こってるんですか……？」

状況を判断できていないカルファは、心配そうに言う。

「はっきりとは分からない。だけど、下の方で異常が起こってる」

「十階層というと、グランさんですか？　試験中に、何か異変があればすぐさま中止して帰投するのがルールです。試験に落ちることもありませんし、危機管理の優秀なグランさんが、それを怠るとは思えませんが――」

そんなカルファの焦りように、ローグはすぐさま下の階層へと続く階段に向かっていった。

「イネス、ニーズヘッグ。お前たちはここで待機しててくれ。デラウェア渓谷《ここ》は、何かおかしい」

「ちょ、ちょっと、ローグさん!?　どこに――――!」

「悪いね、鑑定士さん！　ウチのは優秀だから、何かあったら頼ってくれ！　俺は十階層に行ってくる！」

あっという間に姿を消したローグに、カルファは目を丸くする。

「さ、最深階層に突っ走っていく新人冒険者なんて、聞いたことがありませんよ……」

＊＊＊

デラウェア渓谷最深第十階層。

ダンジョンは、階層が下になればなるほど、階層自体も狭まっていく傾向がある。

この渓谷もその例に漏れず、おおよそ二十メートル四方の暗く小さな空間が、階層ボスのオロチの巣窟だった。

そんな中で、グラン・カルマ率いる冒険者パーティー、獅子の心臓《レグルス・ハーツ》は窮地に追いやられていた。

前方には八つ頭の大蛇にして、最深第十階層のボス、オロチ。

神経毒入りの強力な牙を持つオロチの猛攻をいなす熟練冒険者グランだが、本来後方支援するはずの魔法術師、回復術師《ヒーラー》は全く別の方向を向いて、突如現れた新敵への対処を余儀なくされていた。

「くっそ、こいつら次から次へと！　水・土混合魔法――土石流《デブリス》！」

魔法術師が放った土石流が、新敵を次々と屠っていく。

だが、際限なく部屋の奥から出てくるそいつらに、魔法術師の顔も大きく引きつった。

「グラン、ここは一旦退いて態勢立て直すしかねぇんじゃねぇか？」

「……」

グランは、何も言わなかった。

ただ一人、回復薬《ポーション》一つ持たずにオロチとの攻防を続けている。

神経毒が肌に触れないようにしながらも、オロチの体躯《たいく》に備わる鋭い鱗で身体が次々と傷ついていく。

それでも、苦い顔一つ浮かべずに剣をオロチに突き立てていく。

「どー見ても緊急事態だぞ、リーダー。今退いても試験の合否にゃ関係ねぇだろ。ったくよぉ」

無精髭をぼりぼりと掻き毟りながら、魔法術師は深々とため息をつく。

「――なんでこんなところに魔物どもが出てくんだぁ？」

苦虫を噛みつぶしたように言う魔法術師の眼前には、数体のゴブリンの姿があった。

全身を薄緑で覆われた醜悪な面容のそれは、一体あたりはそれほどの脅威ではない。だが、群れるとすこぶる厄介だ。

彼らのリーダーであるゴブリンキングがいないまでも、ダンジョンのような閉鎖空間では俊敏なゴブリンは厄介さが倍化する。

「ゲグァヤァギャァアァッ!!」

軽い身体と、俊敏な身体能力でゴブリンの一体が壁を蹴って、魔法術師との間を詰める。

魔法術師は、後ろで子羊のように怯える女回復術師《ヒーラー》の盾になるかのように、大急ぎで魔法の詠唱に取りかかる。

「風属性魔法、鎌鼬《カマイタチ》」

決して威力が強い魔法ではないが、後方には本命ボスのオロチがいるために、下手に全力を出すことができない。

かといって、急な新敵にグランまで人員を割いてしまうと、オロチの神経毒がいつやってくるかも分からなくなる。

「グラン、このままじゃジリ貧だぞ。やっぱ一旦退いて応援を呼ぼう。第六階層にはDクラスのゴブリンくらいなら多少戦えるドレッド・ファイアがいるし、皇国最強のカルファ様だっているだろ。いざとなりゃ噂のSSSランクにも応援を頼めば……なっ！」

魔法発動が間に合わないと悟った魔法術師は、自らの足でゴブリンの脇腹を蹴り上げた。

「試験の邪魔をするなと言っておいて、我々が邪魔をしたとなると一生の笑いものだ」

「んなこと言ってる場合かよ……！　なぁ、グラン。死んだら元も子もないんだぜ？」

必死にリーダーを説得しようとする魔法術師だが、グランは苦しい表情でオロチの頭の一つを叩き斬る。

「ンヴァアァァアァッ!!」

頭部一つを失ったオロチの断末魔が閉鎖空間に響き渡る。

音を通じて大地が揺れ、呼応するかのようにゴブリンたちも吠える。

「うへぇ……埒があかねぇぞこれ……」

ゴブリンたちが、オロチの巣窟からわらわらと湧き出てくる。

だが、その出所は分からない。

こんな小さな空間のどこに、これだけのゴブリンたちを収容できる空間があるというのだ。

グランは、自身の真横に現れたゴブリンを一体斬殺してから、魔法術師に顔を向ける。

「俺はオロチをやる。お前たちは、第六階層に応援を頼んでくれ。第一階層の新人は、清掃任務だ。後一時間はかかるだろうからな……」

「了解！　リーダー！　応援呼ぶまで、死ぬんじゃねーぞ！」

魔法術師がようやく笑みを浮かべた。

だが、先ほど蹴りを入れたゴブリンが視界の外でピクリと跳ねた。

蹴りの入りが悪かったのか、すぐさま立ち上がって、回復術師《ヒーラー》との間を詰める。

獅子の心臓《レグルス・ハーツ》の回復術師《ヒーラー》は女性で、さらには戦闘能力をほとんど持っていない。

ここで回復術師《ヒーラー》が真っ先に潰されてしまえば、この量のゴブリンたちを討伐することはほとんど不可能になってしまう。

「……チィッ！」

魔法術師は、回復術師《ヒーラー》を庇うように両手を広げた。

ゴブリンは手に持っていた短刀をスパッと横に薙いだ。

「――!?」

その様子を見たグランに戦慄が走った。

魔法術師の左腕は、ナイフで切られて血がドクドクと流れ出ている。

魔法術師は苦悶の表情を浮かべながら「こっちも毒かよ……ッ！」と吐き捨てながら、魔法を撃ったが、威力が弱かったのか、ゴブリンにそれは通じなかった。

「ぬぉぉぉぉぉぉッ！！！」

グランは、力任せに剣を振り抜いて、二人に迫るゴブリンの身体を二つに割った。

その隙を、後方のオロチは見逃さない。

神経毒のたっぷり詰まった牙が、グランの片腕に突き刺さる。

身体に激しい電流が走ったかのような痛みが巡ると共に、意識が混濁していく。

片目が潰れ、ただでさえ狭いグランの視界が、もっと狭くなる。

魔法術師も、グランも神経毒でやられている中で回復術師《ヒーラー》が怯えるように右往左往する。

ギルド掲示板にて、臨時で雇った言葉を話せない回復術師《ヒーラー》を、この場で失うことはできない。

本来のパーティーメンバーで無い者を殉職させることは、冒険者にとっては自らの死よりも恥が残る。それにただでさえ、回復薬《ポーション》不足で引く手あまたの回復術師《ヒーラー》だ。

「……不甲斐ないパーティーリーダーですまない。回復術師《ヒーラー》、お前だけでも逃げてくれ」

最後の力を振り絞って、回復術師《ヒーラー》の逃げ場を作るグラン。

こく、こくと震えながら頷く回復術師《ヒーラー》はすぐさま階層階段を上っていく。

「らしくねぇじゃねぇかよ、グラン」

ゴブリンの神経毒にやられて身動きの取れなくなった魔法術師が、苦笑いでグランに言う。

グランの前にもオロチが今か今かと互いの頭部同士で、意思疎通を図っている。

「年甲斐にもなく、新人に八つ当たりした手前引けなくなった」

「相変わらず、プライドだけは高いおっさんだな……。付いてくこっちの身にもなってくれよなぁ」

「返す言葉もない」

「ま、充分楽しめたし、満足だったけどな。欲を言うなら、もーちょいあんたと上の景色見てみたかったが……」

魔法術師が、死を覚悟した。

狭い巣窟の中で次々とゴブリンが現れ出した。

オロチの牙がゆっくりと迫ろうとしていた。

——その時だった。

「龍属性魔法、龍王の吐息《ドラゴン・ブレス》」

大質量の黒い炎が、第十階の深層をまとめて包み込んだ。

ゴブリンたちは、襲い来る巨大な炎に骨ごと焼かれて消滅していった。

呆気に取られて首を竦《すく》めるのはオロチだ。

「何とか間に合いましたね、グランさん、無事ですか！」

その声の主が、回復術師《ヒーラー》と共に現れた。

「……新人、なぜ、ここに……？」

グランは驚くようにその人物を見た。

それは、今まさに第一階層で冒険者になるべく試験を受けていたはずの、ローグ・クセルだった。

「グォアアアアアッギャォアアアアッ！！？？」

ゴブリンたちの断末魔。

その隙に、ローグは傷ついたグランと魔法術師を階層階段まで運んでいった。

献身的に女性の回復術師《ヒーラー》が回復魔法を放つが、傷の治りは少し遅い。

単純な切り傷や噛み傷以外にも、状態異常の神経毒が混ざっていることも原因だろう。

「何で新人がこんな所にいるんだ……？」

グランが、苦痛と汗で顔を歪ませながらも強気で言う。

「第一階層の清掃任務が終わって、ドレッド・ファイアの任務の様子を見学していたんですよ。そうしたら、下の方に異変を感じ走ってきた次第です。何とか間に合ってよかったです！」

グランは、ふぅと深く息を吐いた。

ローグは悔しそうに患部を見つめる。

「すみません、俺、回復魔法は結構疎くて力になれそうにありません……！」

事実、ローグはそこまで回復術に精通しているわけではない。

本職が死霊術師《ネクロマンサー》というのもあり、主となるのは回復術よりも、死霊術や蘇生術の方になる。

不死の軍勢を率いるとなると、回復術がほとんど必要なかったことに加えて、ローグ自身が戦闘によって傷を負うことが全くと言っていいほどなかったために、回復すること自体、機会に恵まれなかったこともある。

「こんなことだったら、回復術についてもっと学んでおけば……！」

ローグの言葉に、魔法術師は「あっはっは」と快活に笑う。

「何言ってんだ。あの窮地救ってもらっただけで大助かりだってんだ。なぁ、グラン！」

「あぁ、そうだな。新人、いや、ローグよ。助かった。礼を言う」

回復術師《ヒーラー》の治療が続き、患部には温かい緑の光が宛がわれる。

しゅぅぅ、と煙を上げて少しずつ回復してきたグランは、魔法術師と共に再び立ち上がった。

「グルルルル？　ルルル……？」

喉をごろごろと鳴らしながら辺りをたむろっているのは七つ頭のオロチ。

「このことは、俺からも包み隠さずカルファ様の方にお伝えしよう。残るはオロチ、奴のみだ。イレギュラー対応ができなかった俺にはもう昇格の目はないだろうが、せめて後悔のないように最後までやらせてもらいたい」

グランの言葉に、魔法術師や回復術師《ヒーラー》も決意を固めた
「ローグさん、ありがとうよ。ゴブリンたちがいなくなったのも、ローグさんのおかげだ。ギ

ルドに帰ったら死ぬほどエール奢らせてくれよ」

魔法術師がにこりと笑い、三人は再びオロチに立ち向かおうとする。

「――いえ、まだです」

そんな中で、違和感を覚えたのは、ローグだけだった。

「グランさん、ここをお願いします」

意味深なローグの言葉を、不思議に思いながらもグランは「任せてくれるならば本望だ」と
だけ呟いて、剣の柄を握った。

「ありがとうございます」

直後、ローグは右手に魔法力を溜める。

「破壊魔法、地盤沈下《サブサイデンス》」

ローグが短い魔法詠唱を終えると、ぐにゃりとローグの周りだけ地面が下降していく。

グランが、オロチに向き合いながらも後方のローグの姿に首を傾げる。

「何をするかと思えば……ここは渓谷最深の第十階層だぞ。その下には何も――」

言いかけて、事の顛末を見守っていたグランが「うっ……！」と悲鳴にも似た声を上げる。

落ち着き払いつつも、ローグは階下を見て呟いた。

「やはり、思った通りです。第一一階層の存在を確認しました。ゴブリン、オークが大量発生
していますね」

「――何!?」

「第十一階層!? 聞いたことねぇぞ、そんなの！」

グランと魔法術師も驚きの声を上げる。

魔法術師は、オロチを牽制しつつチラリと十一階層を見つめる。

そこには刃こぼれを起こした直剣や、皇国の銀鎧などが散乱していた。

「サルディア皇国兵の銀鎧に、武器一式と……アスカロンで捜索願が出されている最中のDランクパーティー・アーセナル、Cランクパーティー・デスペラードの持ち物だ。これは、一体……！」

ローグは、地面ごと階下に落下しつつ、グランたちに向けて叫んだ。

「オロチがこの場に落ちてこないようにしっかり留めておいてください！　こいつらの持ってる遺品は回収しましょう！」

「グギ……？」

軽やかな動きと共にダンッと、ローグが第十一階層の地面に足を付ける。

「グキキ？」

十一階層にいるゴブリンたちが、ローグの存在に気付いて小さく声を上げた。

第十階層の狭さとは打って変わって、十一階層には広々とした空間が広がっている。

高さはおおよそ三メートルほどと高くはないが、奥に続いた暗い道はどこまで繋がっているかが分からない。

「この空間、自然にできるものじゃないよな。明らかに人工的に作られた空間だ。一体この国はどうなってるんだ……？」

ローグを見るや否や襲い掛かってくるゴブリンたちだが、以前のようにその長であるゴブリンキングの姿はない。

ここにいるのはおそらく組織の中でも末端の末端だろう。

「これで全部か。何の目的があってこんなとこに巣食ってるのかは分からないけど、先輩の邪魔をしたのはいただけないな」

それでも、およそ数十体いるゴブリンたちの群れを相手に少しも怯むことなくローグは呟いた。

「ひとまず、ここのは全部回収させてもらうとするか」

ローグは全てのゴブリンたちを屠るまで、一度も止まることなく剣を振り続けたのだった。

＊＊＊

デラウェア渓谷の第十階層では、グランたちによるオロチ討伐が完了していた。

神経毒に侵されながらもオロチの八つ頭を斬り落としたグランだったが、その表情は暗い。

幻の第十一階層から再び十階層へと、グランの垂らしたロープで這い上がったローグも、回収した一部の装備品を見て小さく息を吐く。

グランは、様々な装備品を手に持って言う。

「カルファ様が来てみないと状況は断定ができないが、確かにこれは行方不明になっていたアーセナル、デスペラードのものだろう」

「グランさん、サルディア皇国ってのは、そんなに人死にが多いものなんですかね？」

「冒険者稼業をやっていれば、少なからず人死には出るさ。だがそれでも半年以内に、二つのパーティーのメンバー全てが行方不明というのは、いささか不可解だ」

グランの言葉に、魔法術師も続く。

「いい例えじゃないが、俺たちがさっき死にかけた時でも、回復術師《ヒーラー》だけは逃がそうとしてたからな。パーティーメンバー全滅を避けるってのと、近くのパーティーに応援を求めるって意味でもね。だから、パーティーが崩壊しても、一人か二人くらいはギルドに戻って報告するのがほとんどなんだよ」

二人の話を聞いて、ローグも「なるほど」と納得する。

「少し前までは、ゴブリンが現れるとしても局地的に五、六体を一つのまとまりとしたものばかりだったのだがな。最近は、森の中をゴブリンの一群《いちぐん》が自由に歩いている姿を見ることもなかったし――」

グランは訝しむように首を傾げる。

すると、慌てた様子で駆け下りてくる女性が一人。

「グ、グランさん！　ご無事ですか!?」

カルファ・シュネーヴルはロングストレートの金髪を左右に振りながら、階段を下りてくる。

パタパタと漆黒の翼をはためかせながら、ローグの肩という定位置に降り立ったニーズヘッグに、「ローグ様ぁぁぁぁぁ!!」とカルファよりも先に十階層に下りてローグの腕に擦り寄るイネス。

――と、もう一組。

「あぁぁぁぁ……ダメだった……最後の最後で回復薬《ポーション》がなくなった……」

「しゃーねぇ。大体、今は回復薬《ポーション》単価が異常に高すぎんだよな。なんつったって平時の五倍だ……」

心底落胆するラグルドとシノン。

イネスが、周りに配慮してぼそりとローグに耳打ちをする。

「彼らは、回復薬《ポーション》切れを起こして任務をリタイアしたのです。リタイア後の処置としては、残った筋肉狼《マッスルウルフ》を直接カルファ・シュネーヴルが倒したくらいですが」

「なかなかに原始的な審査方法なんだな。ラグルドさんの落ち込みようも理解できたよ」

グランのもとに辿り着いたカルファは、付近に置かれている装備品と、階下に積み上げられたゴブリンの死体を見て、ごくりと喉を鳴らした。

「これは――」

「サルディア皇国の紋章入り銀鎧は、あんたたち皇国兵のものだろう。あくまで俺たち冒険者と皇国兵士の間にゃ大きな関わりを持つべからずの精神は守られてはいるが、それも今回のような件が続けば、いつまでもつだろうな」

グランの言葉にカルファは、遺品と思われるものを一つ一つチェックした後に、全体を見渡して言う。

「調査するしかありません。十一階層の先に道があるというのなら、確かめざるを得ないでしょう。現時点でデラウェア渓谷の最深十階層はAランクの実力があれば踏破できるとされていますーーが、この先は未知数です」

カルファは続ける。

「この先は後日、改めて調査致します。そろそろ日も落ちてきますし、これ以上は危険です。そして……同時にこのことについての口外は調査が終わるまで強く禁止させてください。この度は、私たち試験官の監督不行き届です。獅子の心臓《レグルス・ハーツ》の皆さん、そしてローグさん。本当に、申し訳ありませんでした」

カルファは、腰を直角に折ってローグたちに謝った。

ローグは、ちらりと確かめるようにグランを見る。

「正直、今この国に何が起こっているのか、俺たち末端には何も説明されていないのが現状だ」

グランは、冷静に言う。

「え、むしろこの国で何が起こってるの？　え？」と、不思議そうに空気を読まないラグルドがシノンに頭を叩かれる中で、グランは続ける。

「短期間にパーティー二つが壊滅、そしてゴブリンをはじめとする魔物討伐依頼数の減少。にもかかわらず局所的に大量発生している。それを追うかのように回復薬《ポーション》のような回復支援薬の急速な値上がり。どれもこれも自然に起こりうることではなかろう。このままでは、冒険者たちの生活に重大な支障が出続ける。これ以上危害が広がるとなると、冒険者連合とて黙って見過ごすことはできないが、よろしいでしょうな、カルファ・シュネーヴル様」

凍てつくようなグランの瞳に、カルファは「はい……」と力なく答えた。

「サルディア皇国の皇帝の名にかけて、全容解明に尽力致します」

そう言ってしばらく、冒険者パーティードレッド・ファイアと獅子の心臓《レグルス・ハーツ》は地上へと帰投した。

一方、第十一階層に降りたローグたち一行とカルファ。

「すみません、わざわざローグさんにまで付き合っていただいて……」

「このままだと鑑定士さんが一人で突っ走っていきそうだし、何より俺も気になるから構わないけどね」

カルファは、ゴブリンたちの死体が握っている皇国兵士のものと思われる銀鎧を一つ一つ回収していた、その瞬間だった。

「こ、皇帝様の使いの方でしょうか……！　はぁっ、はぁ……っ!!」

十一階層の暗い道を、ふらふらと走りながらやってくる一人の少女がいた。

カルファは、疲れた目でふとその少女を見つめる。

土と埃で汚れきった一枚の布地。

ボロボロながらも、華奢で美しさが垣間見える手足。だが、その少女が裸足で走ってきた後ろには紅い血の跡が見える。

肩まで伸びた翡翠の髪に、最も特徴的なのは尖った両耳だ。

「……エルフか？」

ローグが不思議そうに呟く。

少女は、涙ながらに走ってきて、カルファの姿を見るや否や倒れ込むように彼女の腕の中に身体を委《ゆだ》ねた。

「皇国の方に、やっと声が届いたんですね……。良かった、本当に、良かった――」

その瞳からは、幾粒もの涙がこぼれ出ている。

「本当にどうなってるんだ、この国は」

苦笑い気味に言うローグに、ついにはカルファまでもが弱音を口にした。

「私にも、分かりません……」

翡翠色の髪の毛すらも、ろくに手入れがされていない――いや、できていないようだった。

そんな少女を見ながら、イネスは呟く。

「エルフ族、主に回復魔術に長けた種族ですね。過去には、その可憐さで慰み者に、そして回復魔術の技術に目をつけられ奴隷として売買され続け、絶滅寸前に追いやられた者たちです」

イネスの言葉に、むっとした様子でカルファが反論する。

「前時代の、非人道的な話を持ち込まないでください。サルディア皇国は、村を一つの単位としてエルフ族と契約を交わしています。もともと放浪の民だったエルフ族の一部にもきちんと皇国民としての市民権、土地、主食の種を与えるなど、衣食住は保証済みです」

エルフ族の一部は、もともとは放浪の民として知られている。

定住はせず、彼らにとっての森の神、精霊と言われる類いの言葉に従って各地を転々としながら暮らす種族である。

　そんなエルフ族の中でも定住を望む者が現れ始めたことから、サルディア皇国はエルフ族に村を一つの纏まりとして定住権や土地を与えているのだった。

　そのことを聞いたローグは、納得したように頷いた。

　カルファは、ぶつぶつと必死に頭を巡らせている。

「回復魔術の技術を借りるべく、エルフ族には皇国の回復薬《ポーション》作製のおおよそ七割を担ってもらっている状態ですし、ここ最近、皇国全体での回復薬《ポーション》不足の件は知っていましたが、まさか冒険者の消費が急増しているのでなく、生産ラインから支障が生じていたとでも……？　それならば、私が今まで知らなかったというのも有り得る……」

　カルファはぶつぶつと呟き終えた後、少女の走ってきた奥の道に目を向ける。

「ローグさん、今は引き返しましょう。翌朝すぐに、カルムら皇国兵士団を集めてデラウェア渓谷第十一階層の調査に乗り出します。エルフ族の少女は大聖堂にて保護します。事情もそこで聞くほかないでしょうし、夜になればなるほど、魔物の活動も激しくなります」

　カルファの言葉を受け、エルフ族の少女は、息も絶え絶えにローグの服をぎゅっと握る。

「皇帝様の使いの方じゃ、ないんですか……？」

　ローグは、その少女の縋《すが》るような瞳に首を振るしかなかった。

「悪いな、皇国兵士さんじゃなくて、新人冒険者でしかないんだ」

　カタカタと唇を震わせ、今にも泣きそうになりながらも、少女は我慢していた。

「村を助けて……！　皇帝様の使いの方だと思って、頑張って逃げてきたのに……！」

エルフ族の少女は、第十一階層に降り立ったローグたちを、皇国兵士だと思っていたらしかった。

必死に助けを乞うていたのが、ようやく届いたのだと、確信していた。

気力が尽きかけた少女は、それでも自分の役目を果たすかのようにしっかりと告げる。

カルファは、哀れみの表情を浮かべてそれに答えようとする。

「ええ、もちろんです。必ず助けます。しかし、あなたが今最も必要なことは休むこと――」

「あぁ、もちろんだ。だから、今すぐ君の村の場所に案内してくれ。イネス、ニーズヘッグ。すぐに戦闘に入れるようにしておけ」

――そんなカルファの言葉を遮るように、ローグは少女を背負った。

ニーズヘッグは宙に浮いて首をまわし、イネスは左目にオーラを迸《ほとばし》らせた。

その様子を見たカルファは驚いた様子で三人の前に立ちはだかる。

「む、無茶なこと言わないでください！　この先には何がいるのか分からないんですよ!?　いくらSSSランクの実力があると言ったって、無謀すぎます！　夜になれば、魔物の数も格段に増えますし、彼女を背負ったまま戦うのは、負担になります！」

「冒険者は、民の依頼に応えるためにいるんだってよ。俺も、ギルドに来て初めて知ったんだけどな。それに……」

ローグは、指をパチンと鳴らす。

瞬間、カルファの持っていた蝋燭灯《ろうそくとう》の光が掻き消える。

と同時に、暗闇からカチャカチャと、金属が擦れる音と独特の腐敗臭が場に広がっていく。

「す、スケルトンに、ゾンビの大群……！」

「勘違いしてもらっちゃ困るね、鑑定士さん。夜は奴等のものじゃない」

ローグの周りに再び集結した不死の軍勢。

「――俺たちの土俵だよ」

冒険者として身分を偽ったとて、今でも死霊術師《ネクロマンサー》であることに変わりはない。

局所的に発生させた不死の軍勢を見て、カルファはぐっと生唾を飲み込んだ。

「い、いいんですか、ローグさん。もしも、このことがバレたら、それこそ隠蔽の意味がなくなってしまいます」

「俺は、冒険者としての本分を果たすだけだ」

ローグが淡泊に答える。

『主よ。前方よりいくつか魔物がこちらに向かっているようだ』

「ローグ様。何なりとご命令を」

エルフ族の少女を背に負ったローグは、ポンポンと頭を叩く。

「君、名前は？」

「ミカエラ・シークレット……」

「ミカエラか。よし、分かった。ミカエラ、君の村はどこにある？」

するとミカエラは、第十一階層の奥まで続く道を指さした。

「……っ！　私とて、サルディア皇国の誇りにかけて、無視するわけにはいきません！　ローグさん、私も付いて行かせてください！」

「確かに、鑑定士さんには来てもらわないと困るな」

「ローグ様。前方より先ほどと同数のゴブリンの存在を確認しました」

イネスとニーズヘッグが臨戦態勢に入る。

「ひぅ……っ！」と、引きつったように目を瞑るのはミカエラ。

「大丈夫だ、ミカエラ。君はしっかり前だけ見て案内してくればいい」

暗い第十一階層を駆け抜けながら、ローグは辺りを見回した。

前へ進むだけの余裕しかないカルファとは裏腹に、ローグはぽつ、ぽつと呟くミカエラの言葉を聞き逃さなかった。

やってくるゴブリンたちの攻撃を最小の動きで避け、踏み潰して前へと走る。

後方から追いかけてくるゴブリンたちを、地中の闇から出現させた不死の軍勢に対処させる。

ローグは、ミカエラから聞いたおおよその経緯をカルファに伝えた。

「鑑定士さん、どうやらミカエラの村は随分前から何者かの占領下に置かれてるらしい。回復薬《ポーション》作製も皇国分への納入が減って、その何者かの方に流れてるみたいだしな」

「……そうですか」

「それから、監視の目を盗んでサルディアの皇帝のもとに三度使者を派遣したらしいが、一向に返事が来なかった。だが、俺たちが十一階層を発見したことを知ったミカエラが抜け出してきた。俺のことを帝国の使者だと思ってたってのが大まかな流れみたいだ。何か心当たりはないか？」

カルファは頭を抱えるようにして、「三度!?」と恨むような目で洞窟の天井を見つめた。

「ナッド様に謁見する度に、側に侍らせていた女性エルフ族が増えていました。その数も、最終的には三人です……ッ！　あのエルフ族たちはそういうことだったんですね！　私たちには、軍人風情がとばかりに、国政に関わらせなかったくせに、この国はもはや内からボロボロになってたんじゃないですか……！」

カルファは、もはやどうとでもなれとでも言うように自嘲気味に「ふふふ……ふふふ……」と壊れたように笑い始める。

「何というか、鑑定士さんも大変だな」

カルファの心労に、心から同情したローグだった。

ミカエラたちエルフの村は本来、サルディア皇国最東端にあったと言う。

サルディア皇国最東端は、大部分を森林に囲まれたのどかな地帯だった。

もともと、前時代的な人間の支配によって大幅に数を減らしていたエルフ族にとって、市民権が与えられ、衣食住が保証されたということは、エルフ族史における大きな出来事だった。

だが、数ヶ月前にゴブリンら下級魔物の集団が襲来すると共に、エルフの村は焼失。

それに続いての火襲と、謎の勢力による拉致によって地下に幽閉されているのが現状だ。

広い空間に出ると、周りには木造の簡易的な住宅が建ち並んでいた。

壁には申し訳程度の灯りが、魔法によって灯されている状態だ。

家々と地下空間中央には、一つ大きな噴水広場がある。

そこに集められた数十人は皆耳が尖っていることが特徴の、老若男女問わず病的なまでに白い肌のエルフ族。

全員が全員、ミカエラのようにみすぼらしく黄土色の布地を羽織っている。

「あ、あそこです！」

びくり、怯えるようにローグの背の影に隠れたミカエラ。

なるほど、耳を澄ませば何やら騒動が起きているようだ。

「あの女のガキをどこにやった！　言え！　言わんとこのまま貴様等まとめて叩き斬るぞ！」

「私たちは、何も知りません……ッ！」

「Sランクの古龍の力で、貴様等の村ごと完全に燃やし尽くしてもいいのだな……！　おい、今すぐあの古龍の封印を解け！」

「――分かりました！　出でよ、アースガルズ！」

『ツッツッ!!』

不穏なほどに極大な魔法力が、瞬間的にその場を支配する。

『ヴォオオオオオオッッ!!』

空間を裂いて、一頭のドラゴンが姿を現そうとしていた。

『ほう』

ローグの上をぶらぶらと飛翔するニーズヘッグが珍しく興味を示した。

「あんだ、貴様等は」

跪《ひざまず》くエルフ族の前に立ちはだかる人物は、ローグたちの存在に気付いたらしく、睨みを飛ばす。

魔物とは違う、至って普通の人間だった。

ローグでさえうまく掴みきれない状況に、カルファは毅然として前へ出る。

「……ッ！　サルディア皇国皇帝代理、カルファ・シュネーヴルです。この地とエルフ族たちは、サルディア皇国の管轄のはずです。あなた方の所属を名乗りなさい」

煌びやかに鈍く光る銀の鎧と、首元に描かれたドラゴンの紋章を見せつけて名乗りを上げるカルファ。

「ちっ、世界七賢人の《鑑定士》か。退路を塞げ、雑魚共！」

エルフ族の先頭に立って、直剣を携えた一人の男は、ローグたちの後方を一瞥した。

薄緑色の帽子と軍服で身を纏った小太りの男は、にやりと笑みを浮かべる。

『ンギャィ!!』

勢いよく、ローグたちの後ろを塞いだのは新たなゴブリンたちだった。

「魔物たちが、人間の指示に従っている……!?」

戦慄しつつも、カルファはすぐさま魔法力を練り始めた。

「みんな……！」

ローグの肩から、集められているエルフ族の中に向かって手を振るミカエラ。

その様子を見たローグたち一行は、瞬時に動き始めた。

「貴様等が何者かなど知ったことではない！　こちらにはあの、Sランク級『龍神伝説』の子孫・アースガルズがいるのだからな！　ここでぶちのめせば関係あるまい。アースガルズよ、侵入者を踏み潰すのだ！」

男の声に呼応したかのように、巨大な空間に十メートル級のドラゴンが現れた。

一対の黒い翼に、額に生えた一本の渦巻く角。

その姿は、どこかニーズヘッグに似たような面持《おもも》ちだった。

『主よ、向こうの古龍は我に任せてはくれまいか』

「おう、精一杯暴れてこい。《誓約》解除だ」

『くははははは!!　相手が我の子孫とは、面白きこともあるものだな。どこで何をしているのかと思っていれば、人間ごときの傀儡《かいらい》か。情けのない奴だ、くははは!!』

ローグの頭上を、巨大な影が通過した。

漆黒の翼と、複数の紅く鋭い角。

そしてその大きな体躯《たいく》を微塵も感じさせない俊敏な動きで、元来の姿を取り戻したニーズヘッグは一直線に古龍アースガルズの下へと飛翔していく。

ニーズヘッグの飛翔を見届けたローグは、ミカエラを背から下ろしながら言う。

「イネス、後ろのと二人は任せた。絶対に怪我させせるなよ」

「承知致しました。我が身に代えましても、お二方は死守してみせましょう……ふふふッ!!」

イネスに生えた三対の翼が躍動する。

紅の瞳だったうちの左目からは、漏れた魔力によって紅のオーラが迸《ほとばし》る。

「な、な、何が起こっているのかは分からぬが、私はAランク魔法術師だぞ！　Sランクの古龍も手懐け、負けるわけがない！　クソガキ一人にこの楽園を取られてなるものかぁぁっ!!」

小太りの男は懐《ふところ》から魔方陣の描かれた紙を数枚取り出し、宙に投げた。

「火属性魔法、陽炎の熱波《ヒッツェシュライアー》！」

男が唱えると同時に、魔方陣に大量の魔法力が注がれる。

どこからともなく、小太りの男と同じような服を着た屈強な男たちが一斉に走り寄る。

魔方陣が燃え尽きてなくなり、灼熱の炎がローグたちに襲いかかっていた。

「なるほど、これは確かに並大抵の魔法術師の力ではないな」

ローグは襲いかかる炎と多数の男たちを前に、くるりと手に持っていた短刀を遊ばせた。

「だからこそ、もらい受ける価値がある。火属性魔法力付与《エンチャント》」

ローグが唱えると、炎は吸い込まれるようにしてローグの持つ短刀に纏われる。

「ま、魔法力付与《エンチャント》……!?　SSランクの魔法術師スキルではないか!?」

小太りの男は驚きのあまり、直剣を投げ出して逃げだそうとするのだが、

「ひぃ!?」

男の首に宛がわれたのは、魔法力付与《エンチャント》によって、炎を纏った短刀だった。

見れば、先ほどまでローグたちに襲いかかっていた兵士は全員まとめて倒されていた。

冷や汗をダラダラかきつつ小太りの魔法術師は、恐る恐るローグの方を振り返る。

「小さい女の子相手に何やってたのか、説明してもらおうじゃないか。な、魔法術師さん」

ローグが短刀の柄の部分で首の後ろを打つと、魔法術師は泡を吹いてその場に倒れ伏した。

その言葉と共に、カルファが前へと出る。

カルファの姿を見たエルフ族の民はほっとしたように胸をなで下ろしていた。

「ひとまずエルフ族の皆さんは自由にしてくださって構いません。私たちに助けを求めに来てくれた勇敢な少女に感謝の意を示すと共に、サルディア皇国の不行き届きでこのような事態を招いてしまい、誠に申し訳ありませんでした」

カルファは、誠心誠意頭を下げる。

渋々ながらも、簡易住宅の中に入っていってくれたエルフ族を見つつ、カルファは視線を移動させた。

その先には、縄で縛られている小太りの魔法術師。

いつの間にか定位置であるローグの隣にいたイネスとニーズヘッグ。

イネスの後方には溜まりに溜まったゴブリンたちの遺骸。そしてニーズヘッグの後方には、おおよそ十メートルほどの巨体を誇るアースガルズが横たわっている。

絶望の表情を見せる魔法術師に、カルファは告げる。

「その服の国章からして、おおかたの予想はつきますが……。どこの所属か、何の目的でここにいるのかを教えてもらえないでしょうか。私たちとて、手荒な真似はしたくありません」

カルファの諭すような物言いに、小太りの魔法術師はガンを飛ばす。

「殺したければ殺せばいい。私とて軍人の端くれだ。敵に情報を売るような愚かな真似はせん」

縛られながらも意地を張る魔法術師に、カルファは「はぁ」とため息をついた。

「そうですか。一度、忠告はしましたよ」

小太りの魔法術師は、ぐっと瞳を閉じる。

これから、どれだけ酷い拷問をされるのかを覚悟した。

と同時に、どんな拷問をされたとて絶対に口を開くまいと、そう固く決意した矢先のことだった。

「——鑑定。《強制開示》」

カルファはぼそりと呟いた。

【名前】ジェラート・ファルル
【種族】人間族
【性別】男
【年齢】４２
【職業】魔法術師
【所属】バルラ帝国第八魔法大隊兵長

【クラス】　A
【レベル】　48／100
【経験値】　68,097
【体力】　C
【筋力】　C
【防御力】　C
【魔法力】　A+
【俊敏性】　E
【知力】　E

瞬間、魔法術師ジェラートのステータス画面が赤裸々に公開される。

ジェラートの隣には、本来自らが申告して他者に示すもの以外に、レベルや経験値、各ランクなどが公開されている。

「――――なっ!?」

ジェラートは、冷や汗をだらだらかきながら、自分の隣に示された全てのステータス画面に目を落とす。

「一応、これでも《鑑定士》ですからね。少々手荒な真似をしましたが、あ・な・た・の・全・てを覗かせていただきました」

何の驚きもなく、カルファは淡々とステータスを確認する。

所属を含め、何も語るつもりのなかった覚悟が自分の意図せぬことで崩れさって、ジェラートは涙まじりにわめく。

「そ、そこまでしなくてもいいだろう!? 鑑定士といえど、特定人物の了承を得てからでないとステータスは見られないはずではないのか!?」

「私の鑑定能力は、強制的に任意の人物のステータスを表示させることができます。鑑定士の最高到達スキル、《強制開示》です。それはさておき、バルラ帝国ですか。我々と同盟を組んでいたはずですが、裏でこんなことをやっているとは……驚きですね」

口をパクパク動かして「そんな、馬鹿な……嘘だ……」と絶望気味に空を見上げるジェラート。

「何て言うか、エグいな……鑑定士さん」

「私としても、鑑定士のこの能力には少々軽蔑するものがありますね」

『敵方の将ながら、哀れみを禁じ得ないな』

「私だって好きでこうなったわけじゃありませんからね!?」

ローグ、イネス、ニーズヘッグがカルファと距離を取るようにして後ずさりするのを見て、カルファは涙目で叫んだのだった。

「そ、そういえば、バルラ帝国ってのは、確か魔法大国だったたな。近年急速に魔法技術が発達して国家として魔法力増強に力を注いだ結果、全国民の魔法水準がかなり高まっているとか。あれだけ国民全体に魔法使用がいき渡っているのも珍しいよ」

ローグが思い出したように呟く。

元々、居住地を一つにしなかったローグは、これまで各国を転々と放浪しながら生活していた。それに伴い、浅い程度ながらもいろいろなお国事情が耳に入ることも多かった。

カルファは、首を傾げながら言う。

「世界七賢人が一人。SSランクの《魔法術師》が実権を握り始めた国でもあります。彼が国のトップに立ったからこそ、国民全体の魔法技術水準が向上したのでしょう」

「世界七賢人、ですか。ローグ様をその中に入れていない時点で信憑性など皆無ですが、巷ではよくその名を聞きますね」

イネスがつまらなさそうに口を尖らせる。

カルファは、深刻そうな表情で呟いた。

「恐・怖・の・魔・王として世界を震撼させてきたイネスさんに言うのも憚られるのですが……。世界七賢人はもともと、世界最高峰の実力を持った者が集まってできた冒険者パーティーのことを言います。前衛の《剣士》《獣戦士》、中衛の《狙撃手《スナイパー》》《魔法術師》、後衛の《回復術師《ヒーラー》》《龍騎士》、そして非戦闘員の私《鑑定士》。各国が精鋭を集めてチームを作り、再興した魔族を打ち倒したことからこのような大仰な呼ばれ方をされるようになりました。元々、何かの理由で魔族が弱体化されていたことと、数も勢力も不自然に少なくなっていたおかげで、何とか勝利することはできましたが――」

魔族の再興、という単語に耳をぴくりと動かしたイネスだったが、「あぁ」と興味なさそうにローグを見つめた。

「数年前ほど、力の弱い魔族たちが大暴れしていた頃がありましたね、ローグ様」

「そうだっけ？」

「よく分からない出の中級魔族が魔王の名を騙っていたので、多少懲らしめてやったではありませんか」

『あぁ、思い出したぞ。確か……フェニックス、という魔族の分家の一門だったか。奴等性懲りもなく別の国で暴れていたというわけだな』

イネスは、とろんとした目つきでローグの腕に身を寄せていた。

そんな、異次元三人組の会話を聞いたカルファの頭からは、「え？　え……？」と、ぷすぷす白い煙が上がっていた。

「と、言うことは私たち……おこぼれを……」

そう言いかけて、カルファはパン！　と、両手で頬を叩いた。

先ほど聞いた話を、なかったことにするようにして。

「……と、ともかくですね」

異次元三人組による懐かし話を無理矢理頭の隅に投げ置いたカルファは、金髪のロングストレートをふわりと風に揺らしてジェラートに向く。

「バルラ帝国第八魔法大隊兵長、ジェラート・ファルルの身柄は大聖堂にて預かります。ローグさん、よろしいですか？」

「あぁ、俺は特に異論はないよ。でも、ここまで来たんだから、どうなってるのかだけは知りたいかな」

「もちろんです。バルラ帝国の手がサルディア皇国に入ろうとしているのなら、ますます存続の危機ですからね」

ジェラートに聞かれないように、カルファはローグに「それに、陛下の崩御の件もありますから」と苦い顔で耳打ちする。

現在、ローグの知る範疇《はんちゅう》だけでもサルディア皇国の問題は山積みだ。

魔物の急襲で皇国正規兵が四割減ったことに加え、皇帝の死去。民を見捨てて逃げた挙げ句、逃亡先で死亡が確認されたことなど、国辱ですらある。

今まで政治を把握できていなかったとはいえ、これまでの悪政の皺寄せを一身に受けているカルファの背に、どっと新たな重荷が追加されたようだった。

事が終わるのを家の影から見守っていたエルフ族たちに、カルファは言う。

「皆さん、この度はサルディア皇国皇帝代理として深くお詫び致します。翌朝には改めて皆さんの衣食住を今度こそ保証させてください」

深々と何度も頭を下げるカルファを、エルフ族たちは奇異の目で見続けていたのだった。

＊＊＊

「……ふんごぉぉぉ！　ふんごっ……ふんごぉぉぉぉぉっ!!」

轡《くつわ》を嵌められて言葉も話せないバルラ帝国の魔法術師、ジェラートを抱えたローグは、デラウェア渓谷の第一階層まで戻っていた。

「そういえば、ローグ様。ラグルドという人間から、ローグ様に言伝《ことづて》を預かっております」

「ラグルドさんから……？」

「はい。読み上げますと、『カルファ・シュネーヴル様との会合が終わり次第、冒険者ギルドに顔を出せ。これは、先輩命令だ！』とのことですね。ローグ様に命令を出している不届き者ということで処分致しましょうか？」

眉間に皺を寄せて羊皮紙を眺めるイネスに、ローグは目を輝かせる。

「先輩冒険者からの命令……！　なんって、なんって尊い言葉か……ッ！」

そう呟きながら星の輝く夜空に手を上げた。

『主も、今日から冒険者とやらになったのだから良かったではないか。これで心置きなく「トモダチ」とやらが作れるのではないか？』

「そうだぞニーズヘッグ！　冒険者ってのは、友達百人作れて、皆と助け合いを繰り返しながら、互いの結束と友情を深めていく素晴らしい職業なんだからな！」

『くははは。上手くいくといいがな』

「まぁ、そうは言ってもまだ清掃任務しかやってない駆け出しなのには変わりないけどな。もしかしたら、生意気な後輩だってシメられるかもしれないし、パシリに使われるかもしれない。先輩の荷物持ちしたりするかもだけど、それこそが仲間の醍醐味！　上下関係の真髄だからな！」

「ローグさんの冒険者像に、多少の歪みが感じられますね……」

苦い顔で呟くカルファだったが、イネスから差し出された羊皮紙を受け取ったローグは、言伝の書かれたそれを大切そうに見つめて、にんまりとだらしない笑みを浮かべた。

デラウェア渓谷の、ピカピカの第一階層を横切って地上に戻ったローグは、来たる冒険者生活への期待に大きく胸を膨らませていた。

鼻唄交じりにアスカロンへと帰還していくローグ。そしてその後ろで、主の喜び以上に嬉しそうにしているニーズヘッグと、少しばかり複雑そうな表情を見せるイネス。

「カルファ様、獅子の心臓《レグルス・ハーツ》からの連絡で駆けつけましたが、ご無事で……？」

「えぇ、大丈夫です」

カルファはようやく合流した皇国兵士カルムらと目を合わせた。

「それよりも、私たちもそろそろ覚悟を決めねばならない時が来たようです」

「……はぁ？」

要領を得ないカルファの言葉に、カルムは頭に疑問符を浮かべる。

「世界七賢人として共に戦った仲間と、敵対しなければならないかもしれないということですよ」

そう夜空を見上げて呟くカルファは、少しばかり、寂しそうだった。

第二章　新人冒険者（Gランク）、龍殺《ドラゴンスレイヤー》しになる？

アスカロンの前に戻ったローグたち一行は、その異様さに思わず目を細めていた。

『ふむ、物の見事に人っ子一人おらんな。ラグルドの呼び出しとやらは、誤報だったということか？』

消灯してしまったアスカロンの出窓を見て呟くのはニーズヘッグ。

「人の気配はあるようです。隠密魔法をかけているので、罠の可能性も考えられますが……」

イネスは、夜風に揺れる銀のポニーテールを不機嫌そうに手でいじっていた。

「それに、不自然な流れで何らかの香りが上空に舞っています。いかが致しましょう？」

「イネス、ニーズヘッグ。俺はもう、冒険者なんだ。先輩の命令は、絶対遵守がマナーだぞ」

ローグは、少しも迷わずにアスカロンの重い木造扉を開いた。

暗闇に包まれた店内。

昼間の喧噪が嘘のように静まりかえっている。

改めて店の内部を見渡してみると、築年数は相当のものなのだろうが、きちんと手入れが行き届いていて清潔さは保たれている。

『主よ、これはもしかすると――』

ニーズヘッグが苦笑いを浮かべ、イネスが臨戦態勢に入った、その瞬間だった。

パパパパパパパパンッ!!

店内の至る所からクラッカーが鳴り響く。

「ローグさん、冒険者試験合格おめでとうございまぁぁぁぁす!!」

昼間の受付嬢が先陣を切って、ギルド内に入ってきたローグたちに祝福の言葉を投げかけ、クラッカーを鳴らした。

店の手前から、火属性魔法による照明が点灯して一気にアスカロンに光が戻る。

店の中央に置かれたテーブルには、豪華な食事の数々が並んでいた。

後ろには、ラグルドをはじめとするドレッド・ファイアや、グラン率いる獅子の心臓《レグルス・ハーツ》、その他昼間に少しだけ顔を合わせた冒険者の面々も一様にローグの下に駆け寄り、手荒い祝福の渦にローグは巻き込まれる。

両手にビンを持った屈強な男たちが、荒波の中心にいるローグにエールを浴びせかける。

イネスはその様子についていけずに口をぽかんと開け、ニーズヘッグは『くはははは！』と大笑いをかましていた。

ラグルドは空になったビンを片手に、イネスの耳元で囁いた。

「びっくりさせて悪かったね、でも安心してくれ！　アスカロン名物、新人歓迎会だ。ローグさんは、サルディア皇国アスカロンの冒険者メンバーの一員になったんだから、これくらいの

祝福くらいは許してくれると嬉しいかな、っははは！」

エール掛けに戻ったラグルド。

ニーズヘッグは、イネスの肩に止まって言う。

『もう少しで、主の顔に泥を塗るところだったな。主のために祝福してくれるとは、なかなかに良い輩《やから》ではないか。主のあんなに嬉しそうな姿は、久しぶりやもしれんな』

「……ええ。少し、寂しくはありますが。ローグ様があのように喜んでいるので、素直に感謝しなくてはなりませんね」

イネスが、ほっと胸をなで下ろしていると、白髪交じりの黒髭と筋骨隆々とした太い腕でローグの肩を掴んだグランは、自らの座るテーブルの横にローグを置いた。

ニーズヘッグは受付嬢に差し出されたペット用の皿に乗っている肉に素早くかぶりつく。

受付嬢から見ても、ニーズヘッグのふんわりぷにぷにした肌の質感は魅力的に思えるようで、触ろうとしても何度も何度も威嚇されては防がれている。

業を煮やした受付嬢は、頬をぷくっと膨らませてからニーズヘッグを指さした。

「なーんで触らせてくれないんですかー！　少しくらいいいじゃないですか！　ぷにぷにさせてくださいよ！」

『人間には邪の気が流れているのでな。それに、触れられても我を満足させられるかどうかは見ただけで分かるのだ。お主はその器ではない』

「だ、だったらあなたにあげたこのお肉も没収ですからね!?」

『…………………っ…………！』

「なんでそんなに可愛い顔しちゃうんですか！　なんでそんな悲しそうな顔しちゃうんですかぁぁぁぁっ!!　うわぁぁぁぁっ!!　存分に食べてくださいよぉぉぉぉ!!」

エールを飲んで既に出来上がっている受付嬢とニーズヘッグの攻防戦が続いている。

その傍らで、エールのジョッキをローグの手に持たせたグランは、ぺこりと頭を下げながら乾杯をした。

「昼間はすまなかったな、お前の実力を見くびっていた」

ローグは、グランからの乾杯を快く受けながら笑う。

「いえ、こちらこそ。グランさんが無事で何よりです」

コツンと、ジョッキを交わしあった二人は注がれたエールを一気飲みした。

ミニマムニーズヘッグは、机に並べられた数々の肉を、受付嬢にうっとりと見つめられながら貪る。

イネスは、毅然《きぜん》とした様子でローグの隣で、少々警戒しながらエールを口に付ける。

当のローグは、ここまでの歓迎はほとんど初めてだったようで、酒に酔って気分が暴走し始めているラグルドとグランに両肩を掴まれて、緊張しつつエールをぐびりと飲み干していた。

順調に出来上がったラグルドは、空のジョッキを受付嬢に渡しながらローグの後ろを見る。

「そういえばローグさん、さっきからローグさんたちの後ろにいる子って、誰だい？　随分と可愛い子みたいだけど」

「へ？」

「……なっ？」

『む』

エール片手にほろ酔い気分になっていたローグも、男冒険者たちに口説かれて、実力行使で気絶の山を築き上げていたイネスも、ペット用の皿に出された肉を夢中でかっ喰らっていたニーズヘッグですら気付かなかった、その一人の少女。

「先ほど、この方々に助けていただきました。エルフ族のミカエラと言います」

肩まで伸びた翡翠の髪の毛。

先ほどとは違い、透き通るほどに美しいものだった。尖った耳や顔は驚くほどに白く、華奢な手足は触れれば壊れてしまいそうなほどだ。

そんな少女が、ローグと、イネスと、ニーズヘッグにぺこりと頭を下げた。

「荷物持ちでも、雑用係でも何でもします！　さっきの戦い、すごくカッコよかったです……！　私を、冒険者パーティーに入れてください！」

小さな女の子の、大きな決意の声が男ばかりの冒険者ギルド内に響き渡った。

ミカエラはキラキラと輝く瞳で、尊敬の面持《おもも》ちと共にローグを見ていた。

「ホネホネした人たちや、くさーい人た――ふぇっ!?」

そんなミカエラが、いかにローグがカッコいいか弁舌しようとしているところを、ローグは冷や汗混じりにすぐさま口に蓋をした。

「ホネホネ……？　って何でしょう、グランさん」

「さぁな。幼女の戯言やもしれんが、ローグなら何やってももう驚かねぇさ」

「それもそうですね」

ラグルドとグランがほろ酔い気分でエールを飲み交わしているのが唯一の救いだ。

「ふほはっはんへふ《すごかったんです》！　あんあほほへひふひほ、ひはほほは《あんなことできる人見たことが》——！」

「よし、分かった。ひとまず外に行こう、話はそれからだ」

「お手伝い致します」

『なんだかいつも以上に綱渡りしている状況になってきたな、主よ』

興奮するミカエラを小脇に抱えたイネス、骨付き肉をバリボリ骨ごと噛み砕いたニーズヘッグがすぐさまギルドを飛び出す。

パーティーの主賓ローグは、ラグルドやグランに小さく一礼して自身もすぐさまギルドを飛び出した。

＊＊＊

冷たい夜風に揺れる首都は、静けさを増していた。

アスカロンにて飲めや騒げやをしている冒険者たちだけが、この首都を支配しているような、そんな気分になった。

ギルドの裏の森にミカエラを連れて行ったローグは、「はぁ」と小さくため息を付いた。

「……どこから付いてきてたんだ？」

ミカエラは、昼間とは違って小さい子供用のボロい銀鎧を纏っていた。

子供にとって、強いモンスターに立ち向かったり、未知のダンジョンに挑んで輝かしい功績を残す冒険者は夢の職業でもある。

放浪時代、いくつもの国を転々としたローグでも、冒険者ごっこと称して勇者側と、モンスター側に分かれて戦いを繰り広げる子供たちの姿を何度も見てきた。

ミカエラは身長的にも十二、三歳ほどで、その中でも小柄な方だろう。

綺麗に澄んだ翡翠の瞳からは、並々ならぬ決意のようなものが感じられる。

それは単に、冒険者ごっこに興じる遊び盛りの子供とは一線を画すものであることは、ローグたちもそれなりには感じ取っていた。

ミカエラは、震えるようにして呟く。

「第十一階層から、戻ってくるまでの間です！　ホネホネってした人も、死んじゃった人たちも、みんなローグさんのために戦ってて、人望も、力も強いのも当然だなって、思ったんです」

「あれは人望とかじゃないんだけどな……」

「ローグ様、すみません。私やニーズヘッグがいながら、後ろの気配に気付くことができなかったとは——」

『いや、そうではないぞイネス。この小娘は、意図的に我らの存在感知から逃れていたのだ。それも、それなりの高等スキルでな』

「あぁ、俺も気付かなかったよ。ミカエラ、君のそのスキルは回復術師《ヒーラー》職の高等スキル《気配遮断》かな？」

ローグの言葉に驚きながらも、ミカエラはこくりと頷いた。

むしろ、驚きを隠せないのはイネスの方だ。

「け、《気配遮断》は回復術師《ヒーラー》の中でも、いわゆるAランクほどの実力がないと使えないはずではないですか！　それを、こんな小さな少女が……？」

『思い出してもみろ、イネス。我らが主は、既に十三の時には我らを屈服せしめたではないか』

「それは、そうですが……」

腑に落ちない様子のイネスは、もう一度まじまじとミカエラを見た。

《気配遮断》は、回復術師《ヒーラー》の高等スキルの中でも取得必須のものである。

後衛の回復術師《ヒーラー》はパーティーの要であると同時に、パーティーを、崩壊させるのに最も容易《たやす》い職業でもある。

基本戦闘力は皆無に近い者も多く、ステータスの多くを回復術に特化した回復術師《ヒーラー》にとっては、いかに狙われないかが重要な立ち回りとなってくる。

そんな中で《気配遮断》は、狙われにくくなると共に存在感知が困難になるため、パーティーメンバーが常に回復術師《ヒーラー》の動向を見守りつつ動く必要がなくなる上、適切に回復術を付与できるので、このスキルを持つ回復術師《ヒーラー》の需要は高い。

『高等スキルがあったとしても、肝心の回復術が平凡以下ならば、話になるまい』

「か、回復も、ちゃんとできます！　ドラゴンさん、少しいいですか？」

『む？』

「ドラゴンさんの翼の付け根、少しばかり傷が残っているようなので！」

『ほう、アースガルズとの戦闘の時のものだな。だが、無駄だ。我々龍族同士の喧嘩でついた傷など、並の回復薬《ポーション》をつけるだけでは意味が無いのだからな』

　ミカエラは、小さい身体でニーズヘッグに近付いていく。

　ローグの肩にぴたりと止まっていたニーズヘッグは、試しにと、ミカエラの指先で光る淡い翡翠の光に鼻を近付けた。

「回復術、第一位階の治療《エアスト・ハイレン》」

　ミカエラが、ニーズヘッグの肩に指先を触れる。

　シュウウウウウ……。

『……ほう、これは驚いた。仮にもS級のドラゴンがつけた傷を、こうも一瞬で治すとは』

　ニーズヘッグの肩から手を離したミカエラは、にこりと屈託のない笑みを浮かべた。

「これで、痛くないはずです！　回復術も、国にいた時にそれなりに教わったんです」

「国？　あなたたちエルフ族はここが故郷ではなかったのですか？」

　イネスが訝しむように問うと、ミカエラは「いいえ」と少し残念そうに言う。

「もともと、この大陸のずっと、ずっとずっと遠くにあるエルフだけの国が私の故郷です。村のみんなに合流したのは、怖い人たちに連れてこられてからなんです。それまでは、独りぼっちでしたから……」

「独りぼっち……ね」

ローグは、放浪時代のことを思い出すように夜空を見上げて呟いた。

死霊術師《ネクロマンサー》という職業柄、どこの派閥にも属すことができなかった自分に、少しだけミカエラが重なって見えた。

「エルフだけの国家ですか。噂には聞いたことがありますね……。ですが、確か……？」

腑に落ちない様子でイネスは首を傾げる。

ミカエラは、悲しそうな笑みを浮かべてニーズヘッグの頬に触れようとする。

ニーズヘッグは、珍しくそれを拒否しなかった。

カルファや、受付嬢にすら触れさせなかったのにもかかわらず、『ほう』とむしろ興味を示して、のそのそとミカエラの両腕の中に進んでいく。

漆黒の翼とその小さな身体を、すっぽりとミカエラの腕の中に埋めたニーズヘッグは、

『くぁあ』と大きく欠伸をする。

『ミカエラとやら。お主は邪の気が感じられん。良いことだ』

「——ふぇっ!?」

『くはははは。痛みが引いたら途端、急に眠くなってしまった。我は先に失礼するぞ、主よ……』

目を開いて、閉じてを繰り返していたニーズヘッグが静かに目を閉じる。

「この小さな回復術師《ヒーラー》の醸し出す癒やしの魔法力には、さすがの龍王さまもお手上げのようでございます。とはいえ、これほどの戦力を持つ回復術師《ヒーラー》です。手放す理由もないかと」

イネスがからかうようにローグに顔を向ける。

答えが決まりきっていたローグは、ミカエラの目線まで腰を落として、手を差し伸べた。

「そうだな。ミカエラ、独りぼっち同士、仲良くやろう」

「――はいっ！　ありがとうございます、ししょー！」

「……師匠？」

「はい！　ローグさんは、私よりもずっとずっと強いので、ししょーです！」

ニーズヘッグを腕に抱いたその少女は、再び屈託のない笑顔を浮かべてローグを見つめていた。

新人冒険者となったローグの波乱の一日が、ようやく終わりを告げようとしていたのだった。

＊＊＊

「なぁ、イネス」

ローグたち一行は朝を迎え、サルディア皇国首都のボロ宿に泊まっていた。

少し動けばギシギシと音を鳴らすベッドに、羽虫やネズミが這う天井。

柄の悪い男どもが朝から路地裏で口論した挙げ句、暴力沙汰に発展している無法地帯だった。

ベッドに横たわるローグと、その隣に座るイネス。

朝日の当たる机の上でだらんと寝転ぶニーズヘッグは、どこか動きが鈍い。

　イネスは、ローグの手を握りながら答える。

「なんでしょう、ローグ様」

「俺たち、今までどうやって生活してたっけ」

「街の宿に入るには、どこの国でも身分証明のためのステータス開示が必至でした。ローグ様は死霊術師《ネクロマンサー》、私は魔王、ニーズヘッグは龍王。そしてローグ様の配下たちもスケルトンやゾンビ──通称不死者《アンデッド》に分類されるため、まともな職業の者もおらず、どこの宿でも門前払い。魔物素材の換金所ですら受け入れられずに、金銭の確保も難しい状況でした。従って、各国が放置している未開の辺境地帯にて不死の軍勢と共に野宿をされていましたよ。幸い、資源に困ることはなかったこともあり大きな支障はありませんでしたが」

　イネスが思い出すように言えば言うほど、ローグは頭を抱えて自らの境遇の酷さに苦笑いを隠せずにいた。

「まるで原始人だな……。それから考えると、昨日は久々に美味いご飯を食べられたし、宿も取れたってことだけでも幸い、か」

　ローグは手持ちの小袋の中身を掌に取り出した。

　銅貨が三枚だけこぼれ落ちる。

「この宿の一泊が銅貨四枚分として、今日こそ泊まらせてもらえましたが、今夜の分となると厳しそうです。このまま野宿生活をするという選択肢もありますが？」

「さすがに、ミカエラにそんなことさせるわけにはいかないだろ。せっかく新人冒険者として再スタート切ったんだ。よし！　イネス、ニーズヘッグ、荒稼ぎするぞ！」

昇る朝日を前にして宣言したローグに、イネスは涙を潤ませながら「はい！　イネスはどこまでも付いていきます！」と忠誠を露わにする。

自身の隣に表示されたステータス画面、《職業：新人冒険者（クラスG）》の文字を、何度も何度も食い入るように眺めている、ローグだった。

ローグたちの泊まった宿は、首都でも数少ない超格安宿泊所として有名な場所だ。

だが、治安が悪く命の保証をされないことでも有名である。

朝に弱いニーズヘッグが、新たに加わった弟子を呼びに飛び去ったのと同時にローグとイネスも宿で受付を済ませて外に出た、その時だった。

「よう、優面の兄ちゃんよ。帰りかい？　こんなボロ宿でランデブーたぁ、寂しいじゃねぇか」

受付婆に金銭を渡したローグが道に出た瞬間に、六人の男がすぐさま二人を囲んだ。

「こんなボロっちい宿にいるってこたぁ、新人かそこらだろう。Bランク冒険者のゴルドーってもんだ。お前さんもステータスでも見せてみろや。拒否ると……ロクな目には遭わねぇからオススメしねぇぜ？」

取り囲んで、男たちは小刀を突きつける。

安い宿に寝泊まりしなくてはならないという財政状況と、この街のことをまだあまり知らずにきょろきょろと興味深く辺りを見回していること。そして先ほど階上から聞こえてきた初々しい所信表明を聞いたことを合わせて、新人《良いカモ》冒険者がやって来たと言わんばかりに冒険者まがいの盗賊たちは徒党を組んでいたのだった。

もし、普通の冒険者だったらこの徒党に畏れをなして、怯えながらステータス開示をしていたことだろう。実際、目の前の盗賊たちも長年の経験からそう感じ取っていたのだが。

「声を掛けられた……！　これがカツアゲというやつだな！　先輩冒険者の指示には従うのが、新人のマナーということならば、もちろん率先して提示させてもらおう。これが、俺のステータスだ」

冒険者生活の第一歩、『先輩からのカツアゲ』にワクワクしているとでも言わんばかりに、意気揚々としてステータス開示をするローグ。死霊術師《ネクロマンサー》ということでステータス開示拒否を続けていたのだが、こうして正々堂々といろいろな人間の前で開示できるということが、何より嬉しい。そして、これから始まる未知の人間関係構築が楽しみで楽しみで仕方がない。

だが、そのあまりのキラキラとした目つきと勢いに、盗賊たちの間に一瞬だけ「こいつ、もしかしてとんでもねぇ実力者なんじゃゃ……」という空気が流れたが、それもあくまで一瞬のことで――

【名前】　ローグ・クセル
【種族】　人間族
【性別】　男
【年齢】　１８

【職業】　冒険者
【クラス】　G
【所属】　冒険者ギルドアスカロン

ローグの提示したクラスを見て、思わず「ぷっ……っはははは!!」と笑いを我慢できずに盗賊は笑みを浮かべた。

「そうか、やっぱり新人か。それならここから出るには俺たちにみかじめ料を払わねぇといけねぇことは覚えておくといい。銀貨一枚で許してやるよ。銅貨十枚分だ。さっさと出せば痛い目は見ないと思うぜ?」

イネスが即座にそれらを葬り去るためにと、極大の魔力を錬成し始めようかという頃、ローグは努めて笑顔でイネスを諫める。

「申し訳ない。俺たちもそんなに金を持っているわけじゃないんだ。これで、手を打ってくれないか?」

ローグは、ポケットの中から残った銅貨三枚を賊の頭であるゴルドーに手渡そうとする。

「ろ、ローグ様よろしいのですか? こんな薄汚い奴等にローグ様の血と汗の結晶を渡すなど」

「今から稼ぎに行くことを考えれば、安いもんだろう? それに、無闇に敵を作ってばかりだと友達なんて百年経っても作れない。できれば、穏便に済ませたい」

「で、ですが――」

「そうだぞ、ローグゥ。俺たちはもう、友達だからな！　友達が困ってたらちょっと金貸すのが友情ってもんだぞ！」

困惑するイネスを傍目《はため》に、「なははは」と声を張って迫るゴルドー。

スキンヘッドと厳つい顔つき。ガタイのいい身体と手に持った、少し高価な短刀。

ラグルドたちが着るものよりも少しだけ頑強そうな鎧を纏ったゴルドーは、下卑《げび》た笑いを浮かべながらローグの襟首をガシと掴んだ。

「金がなければどこかで借りてくればいいさ。それか、お前の手持ちの女をこっちによこすんだ。そうすればまぁ、見逃してやらんこともないぞ？　案外上玉じゃないか？」

「…………ほぅ」

メラッと、イネスの左目に紅が走った途端だった。

「おいおい待て待てイネス、頼むからお前は手を出すな、頼むから死人を作るな」

イネスの一撃があれば、この六人などあっという間に消し炭になってしまうのだから。

「あぁ、ローグは賢いじゃないか。勝てない相手に戦いを挑むのはやめておいた方がいい。この包囲を見れば分かるだろうに」

ゴルドーが笑うのにつられて、ローグも「あっはっは」と笑みを浮かべた。

「まぁ、それでもウチの配下に手出ししようとするような輩《やから》とは、ちょっとお友達にはなれないな」

ローグは、笑みを浮かべたまま瞬間的に拳に力を込めて、眼前の男の鳩尾《みぞおち》目がけて思いっきり打ち込んだ。

「ゴフッ……!?」

あまりの速さに、ゴルドーは全く反応できずにいた。

何が起きているのか、何をされたのか分からないままに痛みだけが波打つように広がり、気付けば身体をくの字に曲げて倒れ伏していた。

泡を吹いてゴルドーが倒れると共に、異様な雰囲気が場に流れた。

「お、お頭!?　ってめぇ新人だからって大目に見てれば舐めた真似しやがって！　少々痛い目見てもらうぜ正義の味方気取りが！」

ゴルドーが泡を吹いて地面に伏せるのを契機に、包囲網を敷いていた他の男たちが一斉にローグに向けて魔法攻撃をしかける。

「イネス、手は出すなよ。先輩を死なせたらそれこそ元も子もないんだからな」

ローグは冷静に言い放つと、四方八方からやってくる魔法攻撃から一切逃げようとせずに手を広げた。

「破壊魔法、魔法解除《マジック・キャンセラー》」

ローグに当たると思われていた魔法攻撃は、全て蒸気化して消えていってしまった。

「――くぺぇっ!?」

自身の魔法攻撃自体を解除されたことなどない盗賊たちが、目の前の現象に驚いているのも束の間、ローグは腕力強化の魔法を使って、残りの五人をほとんど同時に手刀で気絶せしめていた。

その美技には、思わずイネスも素で拍手を送るしかないほどだ。

「聞こえてるか分かんないけど、お頭さん。銅貨三枚だけだけど、置いていくよ。何ていうか、せっかくのお友達勧誘に応えられずに悲しいよ。次会うときは、別の形だといいな」

ローグは、持っていた小包をのびてしまっていたゴルドーの頭の横にポンと置いた。

「さ、さすがです、ローグ様！　格好良くて不肖イネス、思わず見入ってしまっていました！」

「いや、イネスがやったら確実に殺しちゃうからな。それに、この魔法も元々イネスに教わってるし……。新人冒険者になった途端同業者殺しで追われるのなんてまっぴらごめんだぞ……」

きゃっきゃうふふとイネスがローグの腕に絡まりつくのを、薄れゆく意識でゴルドーは眺めていた。

砂利を掴みながら、いまだ一つも衰えぬ痛みでローグが置いていった小包を握る。

「あのクソガキ……ぜってぇ許さねぇ……！　俺の縄張りを荒らしてまわって、好き勝手生きていけると思うんじゃねぇぞ……ローグ・クセルッ!!」

痛みと共に意識が遠のいていくゴルドーの呟きは、前を悠然と歩くローグたちには聞こえるはずもなかったのだった。

＊＊＊

アスカロン前には仁王立ちする二人の姿があった。

Cランク冒険者ラグルド・サイフォンと、Bランク冒険者グラン・カルマだ。

「おはようございます、ラグルドさん、グランさん」

「おはよ、ローグさん」

「今日からは俺とラグルドが、新人冒険者であるローグの指南役を担っている。ってことは、直属の先輩冒険者ということにはなるんだが、何というか、俺たちより圧倒的に力のある奴に教えるも何もないとは思うんだがな……」

　状況の不思議さに首を傾げるグランは、自分でも上手く言い表せないとでも言うように顎鬚をポリポリと掻きながら苦笑を浮かべていた。

「早速だけど、今朝、泥酔状態の受付嬢からこんな依頼を預かっているよ。確か、Gランクからのスタートだったね」

　そう言って、ラグルドは一枚の紙をローグに手渡した。

　イネスも、倣うようにローグの見つめる紙に目を落とす。

依頼書　大森林ゴラアにおけるスライム掃討
依頼主　ティルシア・エンプレア
依頼内容　サルディア皇国北西部・大森林ゴラアにおいて、Fランククラスのモンスター、スライムの異常増殖が確認されています。ゴラアの栄養豊富な水資源と草木を吸って育ったスライムを狙いに来る大型肉食獣が来る前に、掃討をお願い致しますなるほど、とローグは深く頷いた。

アスカロンに来て初めての任務に手を抜けないローグは、受領手続きをとるために、ラグルドとグランに付いてギルド内に入った。

「お……っ、おはよう、ございま……うっく……す。これから、任務ですよね……お疲れさま……です……」

辺りを見回すも、まだミカエラを呼びに行ったニーズヘッグも到着していないようだった。

受付嬢も酔っ払い、業務に支障を施しそうなほどだ。と、その時だった。

「ししょー！　おはようございますー！」

『む……なんだこの腐った臭いは。よく燃えそうだな。くははははは』

元気よくギルドの扉を開けた一人のエルフ族の少女。後ろにはひょこひょこと、冒険者の身体の上を這うニーズヘッグの姿があった。

「あれ？　この子、どこかで……」

首をかしげるラグルドに、ローグは言う。

「すみません、昨日のダンジョン攻略で、何というか、弟子ができたみたいなんです。ミカエラ、こちらは俺の先輩だ。自己紹介を」

ローグに促されたエルフの少女は、目をキラキラと輝かせて「弟子！」と喜びを見せながら、快活に言葉を紡ぐ。

「ローグ・クセルししょーが一番弟子、ミカエラ・シークレットです！　先輩冒険者さん、よろしくお願いしますです!!」

ミカエラの自己紹介も終わり、ローグは新たに決意を固めた。

「ここからが、スタートだ」と、ローグはラグルドから受け取った受注用紙を握りしめる。

「ラグルドさん、グランさん、改めてよろしくお願いします！　早くお二人に追いつけるように、誠心誠意頑張ります！」

ローグの一言を皮切りに、イネスやニーズヘッグ、ミカエラが自信満々に頷いた。

その様子に、ラグルドもグランも苦笑いを浮かべながら、「オレたちなんてすぐ抜かれそうだけどなぁ……」と、ギルド外に出て行ったローグに付いていくように部屋を後にした。

ローグ・クセル。新人冒険者としての序章が、始まろうとしていた。

＊＊＊

「……うぅ……仕事、仕事……」

ローグたち一行を見送ってから、数時間が経った。

今日はローグたち以外に任務をしようとする物好きはいないだろう。

冒険者になったとなれば、一日くらいはハメを外して飲み明かすモノなのだが、ローグはそうではないようだ。

だが、そんなイレギュラー以外、今日はこれ以外に仕事はない。少し、受付嬢は安心した。

書類の山に目を落としていく。

昨夜から一切記憶がないものの、ローグたちの出立《しゅったつ》は見届けた。

「ってて……」

ズサァと音を立てて崩れた書類の一番上に、不可解なものが見えた。

「えっと……？　Gランク……スライム討伐、大森林ゴラア、備考……？　これ、ローグさんたちの……？」

それは、受注用紙の二枚目の存在だった。

「……えっ……」

その、備考欄を見た受付嬢はさぁっと顔面蒼白になってその場に紙を落とした。

受注用紙に記されていた文字列はこうであった。

備考

大森林ゴラア中心部には、番《つがい》となった冬眠状態の赤龍・白龍（いずれも自然界系S+ランク）が生息している。新人冒険者の任務としては心配ないが、巨大な魔法力は使わない方がいいかと思われる。

＊＊＊

「火属性魔法、灯火《フォールダー》っ！」

ミカエラが唱えた瞬間に、手先からぽわっと小さな炎が立ち上がる。

浮かび上がった小さな炎は、ゆらゆらと空中を舞い、対象のモンスターにぴたりとくっついていく。

「きゅぅ？」

対象のモンスター、スライムは、ゲル状の生き物だ。

透明質な体躯《たいく》が、五〇センチほどの山のように形成されている。

その透明質な体躯《たいく》は、辺りの栄養ある草々や動物の糞、残飯や生物の死骸などを吸収する酵素を含んでいる。

言わば、森の分解者の一種である。

そんなスライムは様々な栄養素を吸収している分、被捕食者としても有名だ。

特に、森の肉食獣からはおやつとして嗜まれる。

増殖したスライムなどが森を飛び出て民家へと向かうと、その民家の方面にどこからか肉食獣がやって来てしまうこともあり、増えすぎたスライム掃討任務は新人冒険者の軽い賃金稼ぎなどの対象になりやすい。

嵐の前の静けさとでも言うべきか、ローグ、ミカエラ、ラグルド、グランの前には数十匹のスライムが太陽の光を浴びてひなたぼっこをしている最中だった。

「ま、この時期は暑くなってスライムが増えやすいのはいつものことなんだけどねぇ」

ぷにぷにと、スライムの冷たい外皮を指で突くのはラグルドだ。

「そんな遊んでいる暇があるのならばゴラア森林の奥にでも潜ってきたらどうだ？　中級ドラ

ゴンくらいは出てきて軍資金にできるだろう？」

「む、無茶言わないでくださいよグランさん……。パーティーメンバーのシノンも、二日酔いで死んでるんですから、オレ一人で行けばスライムたちの養分になって終わっちゃいますよ……」

スライムは、その形状と性質により剣戟はまるで効かない。倒せるとしたら、火属性魔法で炙って焼却させるに限る。

魔法力を主として鍛えていないラグルドが役立たずの中で、グランは少量の魔法力で効率よくスライムたちを昇華させていた。

一方、ミカエラの発動させた火属性魔法は、スライムが粘着質な口をパクリと開いて飲み込んでしまう。

じゅっと、小さな音を立てて沈下したその火に残る魔法力を、もぐもぐするスライムに、ミカエラは「むぅぅ……」とご機嫌斜めな様子だった。

サルディア皇国北西部・大森林ゴラア。

イネス、ニーズヘッグの両名は、厳しい日差しの下では活動限界が早まってしまうこともあり、お留守番だ。

どのみち、彼らの力を使うようなヤマはないだろうというローグの考えから、置いてきてしまっている不死の軍勢の定期メンテナンスを任せていた。

今回の依頼は、ローグの新人冒険者研修というよりは、回復術師《ヒーラー》としてローグたち一行に仲間入りを果たしたミカエラの技術確認も兼ねていた。

「回復魔法に関しては随一の力を持っているのは分かったが、攻撃魔法はほとんど効力を持っていないな」

「うぅ、すみません……しょーのお役に立ちたいのに……」

「いや、そんな攻守揃った人材なんてほとんどいないから心配することはないよ。逆に、どれか一つに特化するってのだけでも相当凄いことなんだぞ」

「……！　はい、ありがとうございます！　頑張ります！」

ローグの言い分に、ラグルド・グラン両名は「お前が言うか」とでも言わんばかりにのジト目で視線を送っていたのだが――

ローグは、自身の掌を見つめて首を傾げるミカエラに告げる。

「俺たちの……冒険者風で言うパーティー編成はこんな感じだ。イネスやニーズヘッグは、肉弾戦や至近距離での魔法を使った近接戦闘の前衛型。俺は剣技よりも魔法を組み立てて戦う中範囲型《ミッドレンジ》の中衛型。ミカエラは回復を主として味方に支援を送る後方型だな。典型的な陣形をそれで置くとすると、どこが一番狙われやすいか分かるか？」

ミカエラは、首を傾げて考える。

周りでは、うねうねとスライムたちが暢気《のんき》に日向《ひなた》のもとで散歩をしている中で、グランが助け舟を出した。

「ミカエラ、もしお前がローグたち一行の敵だった場合、どこを先に倒したら戦いが楽になると思う」

「……！　回復する後方支援です！　私が真っ先に覚えた方がいいのは、攻撃ではなく防御、です！」

ぱぁっと顔が明るく輝いたミカエラに、ローグはにかっと笑みを浮かべながら頭をくしゃくしゃと撫でてやる。

「正解だ。だから慌てる必要なんてないさ。今度は防御系の戦い方が必要な任務でも選んでみるとするか」

「はい、です！」

ローグとミカエラのほのぼのとした様子に、ラグルドは言う。

「防御だったら、オレの出番だね！　前衛職で剣士なら、剣技の攻守は真っ先に身につけるもんだからさ！」

続いて、指導役のグランも続く。

「じゃぁ、ローグよ。次はゴーレム討伐にでも足を伸ばしてみようか。お前の実力ならまだしも、ミカエラちゃんは一からのスタートに等しいからな」

「分かりました」

「んじゃ、今回の場合はお前に任せちまってもいいか？　ここで俺たちが体力使わなければ、ミカエラちゃんの体調次第で午後も出動できる」

「了解です。ラグルドさん、少しだけ剣をお借りしても良いですか？」

ローグの問いに、ラグルドは言う。

させた。

「そんな業物でもないけど、いいの？」

「直剣なら何でも大丈夫です」

軽い調子で答えたローグは、森の入口付近に集ったスライムたちに向けて魔法力を手に集約させた。

ラグルドから受け取った剣に、指を這わせるようにして魔法力を流動させていく。

「きゅお？」「ぴゅおん？」「むにむに」「むまむま？」

甲高いような、柔らかい声を上げたスライムたち。

「――龍族性魔法力付与《エンチャント》・龍撃剣《ドラゴニア》」

剣の周りに現れる黄金のオーラ。

「きゅ――」「ぴっ」「むにむ――」「むびぃっ!?」

オーラを纏った剣を、ローグが横に一度薙いだだけで悲鳴も、逃げる隙も、痛みすらも与えられず屠られていくスライムたちの姿に、ラグルドやグランもさすがに少し引き気味の様子だ。

辺り一帯のスライムたちを一瞬にして葬り去ったローグが、飄々とした様子で「終わりました。よし、帰りましょう！」と、意気揚々と告げた。

「ちょっと待ってローグさん!?　今の、魔法力付与《エンチャント》だよね!?　Sランクレベルの魔法じゃないか！　どうやったのさ！　めちゃくちゃカッコいいじゃん！」

「え……そ、そう……ですか？」

「冒険者の花形魔法だよ！　この剣にどうやったの!?　っていうか魔法力付与《エンチャント》のコツ教えてく

ださい！　オレもやりたいです！　カッケーです師匠！」

「師匠!?」

成り行きを見守っていたラグルドが、ワクワクした目つきでローグに教えを乞おうとしていた、その瞬間だった。

『火風混合魔法――火の吐息《アルドール》』

森の茂みから現れた中量の魔法力が、おおよそ十。

「――っ！」

危険を察知したローグが、すぐさまラグルド、グラン、ミカエラの前に踊り出て魔法力解除《マジックキャンセラー》を発現させる。

その茂みの中からは、下卑《げび》た顔をして出てきたスキンヘッドの男――ゴルドーが、上等の直剣を肩に担いでにやりと笑みを浮かべる。

ローグは、ゴルドーのにやける笑いを少しも見ることなくグラン、ラグルド、ミカエラを持ち上げて瞬時に後方にジャンプする。

「よぉ、大親友ローグよ。朝の借りはきっちり返してもらうぜ？　こちとらなぁ！　俺がかき集めた強力な味方だ！　帝国の皆さん！　約束通り噂のローグ・クセルを捕縛したこの俺、ゴルドぉぉぉぉぉぉ!?」

高らかと名乗りを上げようとしたゴルドーだったが、名乗り終える前に彼の身体が宙に浮いた。

『ヒョォォォォォッッ!!』

ゴルドーの首根っこを捕まえて、持ち上げたのは自然の脅威。

ローグたちの前にも、巨大な影の一閃が走る。ローグが先ほど避けていなければ、今頃ゴルドーと同じ運命を辿っていたことだろう。

正体に気付くのは、そのほんの数秒後。

ゴルドーは、冬眠状態で眠っていた白龍、赤龍の機嫌を見事に損ねてしまっていたようだった。

舌の上でゴルドーの身体をコロコロ転がしている赤龍。

「話が違う！　なんだこれは！　こんな化け物がいるなんて聞いてないぞ！」

「こ、このままだとヴォイド様に顔向けができないではないか！」

「先にドラゴンをやれ！　全員で上位階魔法をぶちこめば倒れるはずだ！」

先ほどまでゴルドーの背後に潜んでいたのは、中量級の魔法力を飛ばしてきた十人。ため込んでいた魔法力の標的を、ローグたちから二頭のドラゴンに変更していた。

「帝国……？　バルラ帝国の魔法術師が、なぜこんなところに？」

ラグルドが訝しげに呟く間にも、魔法術師たちの魔法充填が完了する。

「ちょ、ちょっと待ってくれ！　せせせ、せめておおお、俺を助けてから――ッ！」

当のゴルドーは、恐怖に慄《おのの》きながらも、赤龍の牙に噛みちぎられないように必死に腕で牙を支えている。

そんな必死の訴えも虚しく、灰色のローブを身に纏った十人の魔法師たちの前には一つの巨大な魔方陣が出現した。

全員、顔を見られないようにローブを被っている。

その頭上にある蜷局《とぐろ》を巻いた龍の紋章――バルラ帝国の国章が十人分、輝きを放つ。

「あんなバカデカい魔法力を一斉に放つつもりなのか!?」

状況もよく読み切れていない中で、なるべくその戦闘から離れようと走りながら、ラグルドがその魔法力に怯え始めていた。

「以前の帝国は個人技ばかりで集団魔法に長けているというのは聞いたことがなかったが……。近頃宰相に就任した魔法術師とやらの功績の一つか？」

ラグルドに応じるかのように、グランは呟く。

ローグは、ミカエラを抱えながら状況を見守っていた。

「あのままじゃ、全滅だ」

「ロ、ローグさん？　ちょ、置いてかないで……!?」

「落ち着け、この状況じゃ、奴等を見捨ててでも逃げた方が得策だ。馬鹿な真似はよせ」

二人の言葉を意にも介さず、バルラ帝国の魔法術師たちは魔法を放った。

「し、ししょー!?」

ローグは、気付けば踵を返して二龍と魔法術師たちの元へと向かっていた。

「悪いな。我らとて、手ぶらではヴォイド様に示しがつかん。上位階集団魔法――捌きの鉄槌《ハンドリング・ハマー》！」

帝国の魔法術師たちが、前に現れた巨大な魔方陣に魔法力を注ぎ込むと、その中からは巨大な鉄槌が姿を現し、空に浮かぶ赤龍目がけて一直線で向かっていく。

「グルアッ！」

赤龍の短い咆哮に呼応して、白龍は魔法術師の前に立ち塞がった。

「アァァァァッ!!」

白龍は魔法術師たちの鉄槌を避けようともしなかった。

口端に身体中の膨大な魔法力を集約させ、白龍は冷気と氷の混合弾を照射した。

いとも容易《たやす》く魔法術師たちの放った巨大な鉄槌を凍らせ、粉々にする。

直後、背後で備えていた赤龍は、まるで虫を殺すかの・・・・・・ような感覚で魔法力を込め、腕を振る。

衝撃によって魔法力は黒い刃へと変わっていく。

「――――ッ！　総員、結界魔法だ！　結界魔法をぉぉぉぉぉ!?」

バルラ帝国の魔法術師たちは瞬時に、自分たちの前に防御結界を張るも、たった一撃で破壊される。

何気ない動きで、赤龍がついでにともう一発放ったその黒い刃。

「兵長！　イレギュラー級！　眠りを妨げられたドラゴンのランクは、おおよそSS！　もう、誰も魔法力なんて残って……！」

魔法術師たちが諦めた、その瞬間だった。

「張り切ってるとこ悪いが、少々おイタがすぎたようだな」

ラグルドの剣を持って、魔法術師たちの前に立ちはだかったローグは、剣腹をなぞって魔法力付与《エンチャント》を施した。

ローグは、空から振り下ろされてきた黒い刃を、一振りで相殺する。

「そんなヒトでも、大切な皇国の民だからな。返してもらおう」

ローグは、左手に持つ剣に魔法力を込めた。

「ニーズヘッグから教えてもらった魔法がこんなとこで役立つとはな。龍撃魔法――守護龍の雷撃角《ユグドラシル》」

それは、一瞬の出来事だった。

ローグの構えた剣先から目にもとまらぬ速さで、空に浮かぶ白龍目がけて雷撃が飛んでいく。

「……アッ!?」

ローグの放った雷の一閃が、白龍の喉元に突き刺さる。

白龍の体内で、龍殺しの魔法力が散らばっていき、その巨体が硬直。

目から光が失われ、白龍はズズンと地面に墜落した。

「――オオオオオオンッ!!」

相方の墜落に呼応した赤龍は、ギロリとローグを睨み付けて、先ほどとは比べものにならないほどの極大の火炎を吐き出した。

「そ、総員、総員、退避しろぉぉぉっ!?」

バルラ帝国の魔法術師たちは、視界を覆うほどの炎に息を呑んで我先にと逃げ出そうとするが、ローグは落ち着いた表情で呟いた。

「そんなに慌てなくても、この程度逃げるまでもない」

瞬間、ローグの片目から漏れ出た魔法力がオーラとなった。

それはまるで、イネス・ルシファーのごとき魔王の力と同等のものだった。

破壊魔法、魔王の一撃《ブラックホール》。

極大の魔法は、簡単にローグの手の平に現れた小さな暗闇に吸い取られていく。

にやり、笑みを浮かべたローグは赤龍に向けてその赤みがかっていた炎・闇が混合する魔法玉を空中へ放り投げ、魔法力付与《エンチャント》を施した剣をバット代わりにしていく。

「よ……っと」

魔法力付与《エンチャント》したエネルギーを炎・闇混合の魔法玉に打ち込むと同時に、莫大なエネルギーを保有した魔法玉が赤龍の側頭部に激突。

ふらりと翼の挙動がずれると共に、ふらふらと赤龍は地面に落ちていく。

「うぉぉぉぉ死ぬぅぅぅぅぅぅぅ!?」

力なくした赤龍の口から、真っ逆さまに落ちていくゴルドー。

運良く茂みの中に頭から突っ込んだゴルドーは、そのまま一目散に森の中に消えていった。

「あのまんまる頭さん、逃げちゃいますよ、ししょー！」

「死んじゃいないなら、ほっとけ。それよりも、ドラゴンさんの方が先決だ。寝てるとこ起こしちまったのは、俺たちなんだからさ。申し訳ないけど、まだ春までゆっくり寝ておいてくれ」

ローグが辺りを見回したとき、そこには既にバルラ帝国の魔法術師たちはおらず、ラグルド、グランはぽかんと口を開け、ミカエラがしきりに感動して拍手を送っているだけだった。

後の任務達成報告書には、このように記されている。

ローグ・クセル

スライム討伐時間

二五分（うち、エルフ族ミカエラ・シークレットの所要時間二三分）冬眠から異常起床をしたSSランク級赤龍・白龍討伐時間、三〇秒

備考

国際ギルド連合ヨリ通達アリ
龍殺し《ドラゴンスレイヤー》の称号を与えると共に、SSSランク冒険者への昇級を強く推薦するものとする。

＊＊＊

ツンツン、ツンツン。

「……ローグさん」

ツンツン、ツンツン。

「これ、死んじゃってるよね？　もう動いたり、しないよね？」

ドラゴン二体を一カ所に引きずってきたローグの傍らで、白龍の巨体をツンツンと指で突っつきながらラグルドは言う。

もしかしたら動いてしまうかもしれない、と及び腰でドラゴンに触れるラグルド。

一方グランは、タァンタァンとドラゴンの身体を手の甲で叩きながら笑う。

「ローグのことだから、そこは問題あるまい。きっちり仕留めて解体して、素材も丸ごと剥いでいけば一生遊んで暮らせる分の金は手に入るだろうよ。っはっはっは」

「殺してはいませんよ。側頭部に衝撃与えて、気絶させただけですからね。元々は冬眠の邪魔しちゃった俺たちが悪いですから、ここは元の巣に戻ってもらおうと思って」

「……な、なるほど……」

グランはペシペシ叩いていた手をすぐさま引っ込め、二頭から静かに距離をとった。

その影に隠れるようにしていた少女――ミカエラは、せっせとドラゴンの周りを小走りしている。

「どうした？　ミカエラ」

「ドラゴンさん、怪我しちゃってますから、ちょっとでも傷を治してあげたらなって……。起きたときに身体が痛いのも、悲しいですから」

そう呟きながら、ミカエラが傷ついた場所に触れると同時に打ち傷や擦り傷、切り傷、果ては古傷すらも癒えていく。

そんな様子に、ラグルドもグランも息を巻くばかりだ。

「エルフが凄いのか、ミカエラちゃんが凄いのか。国中探してもあんな回復術師《ヒーラー》は見つからないね」

「あぁ、人間の回復術師《ヒーラー》とは魔法出力回路が大きく違うのだろう。にしても、ドラゴンに流れる龍気に一つも逆らわずに回復の気を送り込めるのは――っつーか人外回復は相当技術が必要だしな」

　ミカエラが回復に奮闘している際にも、ローグは頭にはてなを浮かべていた。

「回復系に関しては全くの門外漢なので分からないんですが、人外って、本来は回復できないものなんでしょうか？」

　ローグが問うと、グランは「ローグにでもできないことはあるんだな……」と少し驚き気味になったものの、ミカエラを見て言う。

「回復ってのは、相手の気の流れをくみ取って、修正してやるんだ。要は、怪我しちまったらそこの気の流れが淀むから回復術師《ヒーラー》が魔法力を注いで、その淀みの元に正しく気が行き渡るようにしてやるって感じだな。それはもちろん、種族によっても大きく変わってくるが、エルフ族は生来からその回復術師《ヒーラー》の素質を持っていると言われている」

　ラグルドもそれに続く。

「だからオレたちの国は、そのエルフ族に定住地と外界からの守護を担保に、オボルド地区の森を丸ごと譲渡・契約して回復薬《ポーション》を生成してもらうようになったんだ。昔はエルフ族ってだけでいろんな国が取り合い、各地の貴族が思い思いに独り占めしようとしてた。けれども、ナッド様の実娘、ルシエラ・サルディア様だけは、長い目でエルフ族を保護する最初のお方になった。おかげで冒険者稼業でも、常時ギルドに回復薬《ポーション》が回るようになったし、人死にも格段に減った。俺たちがこうして安心して冒険者稼業を続けていられるのも、ルシエラ様のおかげだよ。とはいえ、二年前から始まった新しい制度なんだけどね」

「それに比べて、ナッド陛下はダメだな。はやく、ルシエラ様が正式に即位しないもんかねぇ……」

グランの呟きに、ラグルドも同調する。

「一度でもいいから、ルシエラ様のご尊顔を拝んでみたいものですしね」

「なるほど……」

二人の言葉に、深く頷くローグ。そんなローグの袖を、ミカエラは引っ張った。

「ししょー、この二頭のドラゴンさんはどうしましょう？」

ドラゴン二頭の治療をきっちり終わらせたミカエラがローグの方を振り返る。

それにつられてラグルドもふと呟く。

「そうだよ、ローグさん。こんな巨大なドラゴンを二頭も巣へ戻すったって、ギルドの応援でも呼ぶのかい？　って……あぁ、そういえば、ローグさん、そんな能力持ってたね」

ローグは、鼻息交じりでおおよそ十メートルは優に超しているであろうドラゴン二頭を片手で鷲づかみし、まるでゴミ箱にモノを入れるかのようにひょいひょいと、空間魔法で生じた見えない袋の中に放り込んでいく。

作業を終わらせ、ローグが軽快に森の中に入っている最中に、ミカエラは空を見て呟いた。

「ねーねー、グランさん。あれはなんですか？」

「ん？　……あぁ、ギルドからの伝書鳩だな。鳩を使うってのは、よっぽどの急用ってことでもある。そういえばあの受付嬢、冬眠中のドラゴンのことなんざ微塵も言ってなかったからな。職務怠慢でクビが吹っ飛んじまうんじゃねぇか？　っはっはっは」

グランが笑う横で、ラグルドは伝書鳩の足についていた小さな紙を取り出した。

「龍殺し《ドラゴンスレイヤー》？　……SSSランク？　こ、国際ギルド……連合？　な、何か俺たち下っ端には一生聞くこともなさそうなことが書かれてませんか、これ!?」

その小さな紙切れ一枚を読んだグランとラグルドは、書かれていた文を見て、目をまん丸とさせていた。

「さっそく尾ひれひっついてんじゃねぇか」

からかうように言うグランに、ローグはドラゴンの肌をペシペシと、優しく叩きながら言う。

「とんでもないことですよ。龍殺し《ドラゴンスレイヤー》どころか、元のところに返してあげてさえいるのに」

「っはははは。ギルドなんてぇのは、そんなもんさ」

快活に笑うグランに、ローグは腑に落ちない様子で肩を落としていたのだった。

第三章　新人冒険者（Gランク）、覚悟を決める。

『私は酔って、新人冒険者さんの命を危険にさらした愚か者です』

そんなプラカードを首から下げて、今にも泣きそうな顔で空のエール瓶を持ち運んでいるのは受付嬢だ。

アスカロンには、普段とは全く違う空気が流れている。

受付嬢はカチコチ固まりながらギルド館内を忙しなく動く。

朝は酒に溺れて真っ青だった顔が、今は不安と絶望で真っ青になっている。

いつも以上に動揺が隠しきれない受付嬢は、ビクビクしながら黄金色のエールをテーブルに置いた。

「おぉ……この味、この味だ。大聖堂付近、特に貴族街のエールはどうも上品に取り繕ったような嗜好品ってのばかりで味も薄いと感じてしまうのです。俺みたいな根っからの下町育ちからすると、庶民派エール《こっち》のが性にあうのです。どうです、カルファ様」

「私はエールは嗜みません。お気遣いなさらず。これから次期陛下にお会いする際に、判断を誤るのはもっての外ですから」

「ですよね。職務中の酒など言語道断ですよね。……すまない、受付嬢。この残り、そこらの冒険者にでも渡しておいてやってくれ」

「は、はぁ……」

「と、ところでカルファ様。例の話、本当なんです？　国際ギルド連合が、ローグの奴に目をつけたってのは」

「もう少し声を落としなさい。周りの者に聞かれるのは得策ではありません。先ほど私の方にもギルド連合からの伝書鳩が届きました。今頃、各国の首脳陣たちにも同様の書類が届けられていることでしょう」

　そう言って、武骨でがさつな者が多いアスカロンに似つかわしくない、埃一つ無い銀鎧を纏った美女――カルファ・シュネーヴルが、服の内ポケットから小さな羊皮紙を取り出した。

「おいおい、なんで政府のお偉方がこんなむさ苦しい場所にいるんだ？」

「お前知らないのか？　随分前になるが、カルムも元はアスカロン《ここ》の冒険者で、出世して今では中央政府の中軸を担っているんだぞ」

「ってことは何だ、この中の誰かが中央の正規兵に栄転とかあんのか……!?」

　そんな様子を知ってか知らずか、カルムとカルファは話を続ける。

「なるほど。龍殺し《ドラゴンスレイヤー》にSSSランクへの推薦ですか。それにしても、事態が急すぎる気がしますな。ローグたちがここを発《た》ったのは今朝でしょう。いくら何でも国家間レベルでこの情報が届くには早すぎませんか？」

「その書状の主を見てみなさい」

　カルファは、苛立ちを見せながらトントンと紙の裏面を指さした。

「差出人、バルラ帝国宰相ヴォイド・メルクール。《世界七賢人》の魔法術師ですか」

カルムは、きょとんとその名前を見て「カルファ様の昔のお仲間ではないですか。これが何か？」と呟く。

「状況は、あなたが思うよりはるかに深刻なのですよ」

カルファは、受付嬢に差し出されたコップ一杯の水を飲み干した。と同時に、カランと軽快なギルド玄関の鈴の音を鳴らして、一行はやってきた。

「ローグ・クセル、ミカエラ・シークレット並びに指南役ラグルド・サイフォン、グラン・カルマ。全員無事にて帰還しましたー」

ギルド館内に入ってきたのは、先ほどまで『異常発生したスライム掃討』を任されていた新人冒険者とその指南役だった。

「あれ、なんで鑑定士さんがこんなとこに――」

「この度は大変申し訳ありませんでしたぁぁぁぁぁぁぁっ!!」

ローグがカルファの存在に気付くと同時に、彼らの前に猛スピードで頭を下げに来た人物。

スライディング土下座で床に額をこすりつけた受付嬢は、涙ながらに叫んだ。

「この度の失態、受付嬢として最悪です。許してもらえなくても当然です。本来ならば冒険者を救う立場にいなくてはならないのにもかかわらず、このような体たらく、本当に情けなく、申し訳なく思います……！　ですが、皆さん無傷に戻ってこられたということは出くわさなかった、ということなんですね！　本当に、本当によかった……！」

涙を流してローグの手を握る受付嬢。

だが、グランとラグルドは苦笑しながら答える。

「いやいや、赤・白龍にはちゃんと出くわしましたよ。ね、グランさん？」

「……ナンデスッテ？　で、では無事に逃げ切ってこられたとのことですね、本当にすみませんでした！　でも、ご無事で本当によかった！　皆さん怪我がないってことは、奇跡です……ッ！」

「ん？　いやいや、ローグが一瞬で二頭伸《の》してもっかい眠ってもらったぞ。傷もミカエラちゃんが完治してくれたし、な」

わしゃわしゃとミカエラの頭を撫でるグラン。ミカエラは、誉められて満足そうに「にし～」と屈託のない笑みを浮かべていた。

「……ネムッテモラッタ？」

こうなると、状況が全く分からなくなったのは受付嬢だ。

何せ、報告では冬眠中の二頭龍のランクはおおよそSを遥かに上回る。

頭が完全にショートしてしまった傍らで、ローグはアスカロンの奥の机で神妙な面持《おもも》ちをしているカルファを見つめた。

「お話があります。少し、大聖堂までご同行いただいてもよろしいでしょうか」

その横にいるカルムも、表情は深刻そうだ。

「ん、分かった」

ローグは、その雰囲気を察してすぐに頷く。

その手には、伝書鳩が運んできた紙も握られていた。

「ローグさんには、その件の前に会っていただきたい方もいます」

「会ってもらいたい？」

「はい、ここではあまり言えないので、外へ――」

そう言ってカルファがローグを誘導しようとした、その時だった。

「ねーねー、ししょー！　グランのおじさんが誉めてくれた！　誉めてくれたんです！」

「お、そりゃよかったなミカエラ。俺はいまからこの人たちとちょっと用があるんで、ここにいてくれ。グランさん、ラグルドさん、お任せしていいですか？」

「応ともよ」

「もちろんだ！」

そう、屈託のない笑顔を浮かべるエルフ族のミカエラを見納めたローグは、「んじゃ、行くか」とカルファの方を向いた、その時だった。

「ル……!?」

カルファは我を忘れて、慌てたようにミカエラの前に跪《ひざまず》いた。

「ルシエラ様！　なぜこのような所に!?」

「るしえらさま？」

当の跪《ひざまず》かれたミカエラは、何が起こっているのか分からない、そんな様子でローグを呆然と

見つめる。

「ししょー、るしえらさまとは、どなたですか？」

「悪いな、俺に聞かれてもさっぱり分かんないぞ。なんせ、この国の人間じゃないからな」

ざわつき始めていたギルド《アスカロン》を離れて、ローグ、ミカエラ、カルファの三人は冒険者街を離れて貴族街へと赴いていた。

迷子にならないようにミカエラの手を引くローグ。

そんなミカエラを見つめて、カルファは言う。

「そ、そういえば、イネスさんやニーズヘッグさんは今日は見当たりませんね？」

「あぁ。この日中で外に長居させてるとマズいからな。元々俺たちが夜の住人だったこともあるし、今は別の場所で《不死の軍勢》のメンテナンスをしてもらってるんだ。つい先日の複数の魔物襲来の件で、壊れ・ち・ま・っ・たのも多いからな」

「壊れてしまった、ですか？　元はヒトを使用して……るんですよね？」

怪訝《けげん》そうに、きょとんと目を丸めてローグを見つめるカルファ。

「どうした？」

「そ、その、聞いたことがなかったんですが、ローグさんの私兵はどこから来てるんでしょうか？」

「つい数年前まで、世界的な大戦と内乱でいろんな国がわちゃわちゃやってたときがあったから、主にはあの時かな。ゾンビ、スケルトンだって本《もと》を正せば人間だ。戦場で転がっている死体で腐敗が始まってたのを死霊術で傀儡にすればゾンビ、腐敗しきって全身骨格だけが残っていればスケルトンになるんだ」

「世界七賢人を生んだ、人魔大戦の頃ですね」

「間違っても、生きてる人間を無理矢理傀儡にしたりはしてないからな」

「なる……ほど……？」

いまいち価値観が合わない二人は、そんな会話を繰り広げながら、首都一の建物の前に立った。

大聖堂はサルディア皇国内でも最も権威のある建造物として、長年統治の場として使用されているらしい。

「ルシエラ様は普段、人前に姿を現しません。最後に人前に出たのは確か、新年のご挨拶の時だったでしょうか……。ナッド様が威厳を示したくて出しゃばってばかりで目立たなかったのもありますが、ナッド様が崩御された以上いつまでも大衆に知らしめないわけにもいきません」

敷き詰められた大理石の上をカツカツと軽快に進むカルファ。

ローグとしても、ここの大広場は記憶に新しい。ローグのステータスを隠蔽し、人生を一変させた思い入れのある場所だ。

とはいえ、一週間ほど前に起こったばかりのことなのだが。

以前は自らのステータス改変の件で頭がいっぱいいっぱいだったが、改めて大聖堂全体を見渡してみると妙に生活感のある場所だった。

いくつも見える扉の前に、銀甲冑の衛兵が二人。

一際厳重に仕切られたガラスの向こうには、金色の王冠と紅のマント、そして宝物で装飾された剣が仰々しく飾られている。

階段が続き、その頂点にはぽつりと小さな——それでいて、何者も寄せ付けない厳《おごそ》かな雰囲気を醸し出す玉座があった。

「ローグさん、ミカエラさん、こちらです」

カルファが神妙な表情で、少し広めの部屋に案内した。

「ひろーい」

「ふわぁぁ」と、ミカエラは口をあんぐりと開けてそのミーティングルームの広さに唖然としている様子だ。

ミカエラも拉致されてからずっと地下の狭い場所で強制労働させられていた身だ。

驚くのも無理はなかった。

「ルシエラ様、例の者をお連れ致しました。……そしてもう一人の方は私の独断で連れて参りました。ご容赦ください」

カルファは礼儀正しく、ミーティングルームの上座にお辞儀をした。

いつも纏っている銀鎧は先ほどの部屋に置いていったのだろう。

黒と紫という地味な色で固めた簡素な服だ。胸の谷間がないためか、若干男服っぽいものにも感じられた。

背もたれの長い黄金色の椅子からストンと降りたのは、小さな子供だった。

「ありがとう、カルファ。お待ちしておりました。あなたが、今噂のローグさんですね？」

軽快な足取りで三人の元にやって来た一人の子供。

子供っぽい笑みの奥に、ただならぬ覚悟が感じられる、そんな目つきだ。

「初めまして、ローグさん。ルシエラ・サルディアと申します。星のお導きで、私たちは長い付き合いの仲になると出ています。よろしくお願いしますね」

パラパラと羊皮紙でできたカードを捲《めく》るその子供を目の前にして、ローグもミカエラもかっちりと固まっていた。

「わ、私が、もう一人いる？　ししょー、これは一体……？」

ミカエラがすとんと、少女ルシエラの前に立つ。

翡翠の瞳に尖った両耳。

驚くほどに白い素肌に、華奢な手足。

ミカエラとそっくりな背丈に、きらきらと輝く翡翠の髪の毛。

サルディア皇国の皇女は、エルフ族だった。

「血筋としてはナッド様の実子です。そして……」

「構いませんよ、カルファ。この方たちからの信用を得ないことには、何も始まりません。それに、私はあの男に対して微塵も尊敬の念も、親としての敬意もありませんから」

「……はっ。では。先日申し上げましたように、当時の陛下はエルフの美女を侍らせていました。私が陛下に謁見する度に、その数も増えていて――しまいには、その者たちとの子も授かった。ルシエラ様は、そのうちの一人です。このルシエラ様には時折いたずら的に、外出先も決めずに抜け出す癖があります。ミカエラさんが、ルシエラ様に非常に似ていたために、ギルドではお二人を見間違えてしまいました」

煮え切らないカルファの言葉に、ローグは突っ込んでいいのか分からずいたのだが、いち早く切り込んだ者がいた。

「エルフと人とは一緒になっちゃいけないよって、村のみんなも言ってたのに……」

「え、えぇ、そうね、ミカエラさん。元々、異種族間交配は何らかの支障が生じることも多くて正常に発育する個体も少ないとされます。陛下は人間、そしてルシエラ様の母君はエルフ族。ですが、稀に正常発達する子は、異次元かつ驚異的な力を持っていることが多いのです。例えば、ルシエラ様のような類い希なる《占星術》の能力などはその一種だと思われます」

占星術は、あまりメジャーではない上に扱う者も非常に少ないとされるスキルの一つだ。

星の動きを見て、空からの語りかけを代弁し、それを実際の行動に起こす。

この術自体は、個人レベルというよりは都市、国単位での動向を知るために使われることも多く、統治者向けのスキルであるとも言えるかもしれない。

「最近は星の流れが穏やかではありません。サルディア皇国にも、そして、私にも。具体的に何が起こるかまでは読めないまでも、あなたたちと深い関わりがあろうことには間違いありません」

「なる……ほど？」

ミカエラには、少し難しすぎる話のようだった。

「さて、早速ですが時間もありません。本題に入らせていただきましょう。ローグさんは、例の紙をご覧になりましたか？」

カルファが言うのは、国際ギルドからの通達状のことだ。

伝書鳩に乗って任務達成直後、やってきたそれをローグがポケットから取り出した。

「ししょー？」

「ルシエラ様、いかがなされましたか？」

ローグとルシエラの動きが一瞬止まると同時に、ルシエラが手に持っていたカードをパタリと伏せた、その時だった。

ミーティングルームに突如として現れた大きな黒い穴。

そこからルシエラのすぐ傍に出てきたのは、一人の青年だった。

「おっと、ジャマしたようですね。ついでに僕もその話し合いに参加してもいいでしょうか、ルシエラ皇女様？」

出てきたその青年は、ルシエラの伏せたカードを、興味本位にぺらりと捲った。

「……いいでしょう」

ルシエラは、不機嫌そうに呟いた。

そんな様子に、ローグは苦笑いを浮かべながらその男を見つめた。

「皇女さんよ。この国はいつ頃からバルラ帝国ってやつの属国になってるんですかねー？」

「属国になどなった覚えはありません。あくまで国賓です。迎え入れましょう」

燃えるような紅い瞳、そしてさらさらの紅の長髪が腰まで伸びていた。

羽織ったグレーのマントには、帝国の国章である蜷局《とぐろ》を巻いたドラゴンが記されている。

飄々とした様子でやって来たその男は、ぷらぷらと暢気《のんき》に手を振りながら、誰に指図されるでもなく室内の椅子に腰掛けた。

苛立たしそうにカルファは言う。

「皇国《わたしたち》に何か用でもあるんですか、ヴォイド。自国内以外でSクラス相当の転移魔方陣を展開するのは、連合条例違反だと認識していますが」

「あれ、カルファ。知らないのかい？　ナッド・サルディア様が皇国領内部にバルラ帝国の魔方陣展開を許可していること」

「そのような世迷い言は聞いたことがありません。ヴォイド。これは明確な条例違反――」

「失礼しました、ヴォイド卿。我が父ナッドが許可したことは、認識しております。我が家臣の無礼をお許しください」

「って、ルシエラ様!?」

ローグは、椅子に座りながら隣のルシエラの表情をじっと見つめる。

ヴォイド・メルクール。《世界七賢人》の魔法術師にして、バルラ帝国の宰相の立場にある人間だ。

頭の上に疑問符がたくさん乗っているカルファに、ルシエラは冷淡に呟いた。

「落ち着きなさい、カルファ。魔物襲来の少し前、小規模な対魔物戦闘が頻繁に行われるようになった際、保身のことだけを考えた我が父がバルラ帝国に助けを求めていただけです」

「ど、独断で!?　家臣《われわれ》への報告も、相談も何もなしにですか!?」

「何もなしに、です」

「そんなに敵視しないでくれよ、カルファ。かつて人魔大戦において共に戦った仲じゃないか」

「……白々しいッ！　で、では！　何でわざわざこんな所まで来たんですかね！」

数日前の魔物襲来の件といい、皇帝の死去、そして新皇帝極秘即位など。

問題が山積みしているところでヴォイド訪問は、あまりにもタイミングが悪かった。

カルファは歯噛みせずにはいられなかった。

「いやー、それがね、ほら。例のSSSランクへの昇格資格を持つ冒険者の処遇を一任されたことの報告と謝罪にね？」

カルファはローグを片目でちらりと見てからヴォイドに向き直る。

「ほら、ウチのジェラート・ファルルという魔法術師のことだよ。どうやら独断で君たちのところに迷惑かけちゃったらしいじゃないか」

「独断ですか？」

「あぁ、独断だ。彼の処遇に対しては、僕たちに任せてもらえないだろうか？　報告書で確認させてもらったものの、彼がなぜあのような凶行に走ってしまったのか。こちらとしても白黒つけさせておきたいな」

「それはできかねますね。ジェラート・ファルルの件に関しては、皇国管轄です。治外法権は認められません」

「まぁ、そうだよねぇ。じゃ、ジェラート・ファルルの件は君に任せるよ」

「……ししょー、よくお話が分かりません」

「腹の探り合いだ。お国間の話し合いってのは、建前ばっかで本音が出ないもんだよ」

ミカエラとローグが、ルシエラの影でぼそぼそと呟き合う。

ジェラート・ファルルの捕縛から数日。カルファ管轄の元で監禁している彼からは有用な情報は何も出てこない——いや、何らかの呪縛のようなものがかかっていると確信しているカルファにとって、これは単なる言葉のせめぎ合いに過ぎない。

ここでいくらジェラートとバルラ帝国間の関係を探ったところで、ジェラートを切り捨てる気しかないヴォイドとは、平行線を辿る一方だろう。

「分かりました。ジェラート・ファルルの件に関しては詳細が判明次第、ご報告させていただきましょう。それにしても、SSSランクの推薦はあまりにも急過ぎはしませんかね？」

熱くなるカルファを抑え、ギルド連合から出された推薦状に目を落とすルシエラ。

ヴォイドは、机上に出された紙をペラペラと手の上でまわした。

「確かに急ですが事情も急変してね……これはあくまで噂なのですが——かつて、千年以上も前に滅亡したとされる、始祖の魔王が再臨したと、一部で騒ぎが起きているようなのです」

「……」

「……」

ヴォイドの言葉に、気まずそうなローグとカルファの目線がぴったりと合った。

ヴォイドは続ける。

「その噂を本気にした、大陸北西部の一部魔族が戦力を集結しつつある、という情報を耳にしました。新たな人魔大戦の火種に成長する前に、SSSランクの認定審査も兼ねて、あなたにはそれを潰していただきたいのです。敵は純血魔族というより、低級魔人とそれに連なる魔物どもが主体となったものなのですが、どれもSランクほどの強敵揃い。どこの国も、それに余力を割けるほどの戦力が、今はないのです。そこで、ローグさんに白羽の矢が立ちました。SSSランク昇格試験を行うこと自体が前代未聞なのですが、ここは一つ。引き受けてみませんか？」

「へぇ……。それは興味深いですね」

ローグがにやりと笑みを浮かべると、少し嫌そうな表情になったカルファが、ヴォイドをジト目で見る。

その様子を勘ぐったヴォイドは、辺りをキョロキョロと見回しながら呟いた。

「じゃ、そちらの鑑定士さんにもどうやら嫌われているようだし、僕はこの辺で国へ帰るとしますかね。――武運を祈っておくよ、ローグ・クセルさん」

日暮れが近付いたのを見て、何かを焦るようにしてヴォイドは席を立った。

行きと同じようにミーティングルーム内にダークホールを作り、転移魔法によって姿を消す。

「……ふぅ」

よほど息を張り詰めていたのか、ルシエラは深くため息をついて椅子に深く腰掛けていた。

西日が差し込む中、ミーティングルームには陰鬱な雰囲気が漂い続けていたのだった。

＊＊＊

——同日深夜、サルディア皇国のとある湿地帯に、薄暗い影が数千、整列していた。

半月が辺りを明るく照らし、その異形の姿を鮮明にする。

「お帰りなさいませ、ローグ様」

『む、帰ってきたか主よ。して、ミカエラの奴はどこだ？』

「ただいま、イネス、ニーズヘッグ。っつーか、こんな深夜帯にあんな子供ここまで連れてこられるわけないだろ？」

『……そうか、それもそうだな』

「今は鑑定士さんと一緒にルシエラ皇女の所に行ってもらってるよ。どうも、ルシエラ皇女とミカエラの二人、気が合うみたいでさ。こんな所を見せるよりはいいだろうしな」

巨体を地面に寝かせ、露骨にがっかりした様子をしているニーズヘッグ。

ニーズヘッグはどうもミカエラの回復術が気に入っているようで、隙を見ては彼女の膝の上でうたた寝しようと目論んでいる。

夜の風が吹き抜ける中で、イネスはローグの前で後ろを振り返った。

ローグたちの目の前に広がるのは、湿地帯を埋め尽くすほどの不死の軍勢。戦場跡を駆け回り、《蘇生術》を施して自らの駒にしたゾンビ・スケルトンの軍団が列を連ねている。

カツリ、と。

靴を鳴らした、軍団の先頭に立ったイネスはすぐさま跪《ひざまず》く。

「全戦力の詳しい数値を教えてくれ、イネス」

ローグは、遠目にスケルトン・ゾンビ兵の状態を眺めつつ、呟いた。

「…………」

イネスは、答えなかった。

普段なら即答するであろうイネスの様子に、ニーズヘッグとローグは顔を見合った。

「……イネス？」

再度ローグが言うと、イネスははっとした様子で顔を上げる。

「も、申し訳ありません。す、骸骨兵《スケルトン》二四八〇。腐人《ゾンビ》一一八五、そしてニーズヘッグ、イネス含め計三六六七の戦力、ローグ様の御前へ」

珍しいと思いつつも、ローグは思考を切り替える。

『戦力の残存を確認したのなら、我からも報告だ。主の現状も把握しているつもりではあるが、おおよそ北の方角に、淀んだ魔力の集合体反応が接近中だ。現在は山脈付近に止まっているようだが、この国に入るのも時間の問題だろう』

「気になることとして、私からも一つ。ローグ様がカルファ・シュネーヴルたちとの会談中に、アスカロンに大量の魔物出現の依頼が届いている模様です。グラン・カルマ、ラグルド・サイフォン共に夜間出撃を余儀なくされている状況ですが……どのクエストもDクラス級と、そこまで難を要するものでもなさそうです」

「北からも内部からも、魔物出現ってことか」

「出現範囲も広く、本来ならば存在しない地域からの出現だとのことで、対処に時間と戦力を取られている様子です」

『聞いてる限りだとこの国はどうもチグハグしているな。主よ、いっそ活動拠点を変えてみればいいではないか。もうこの国に縛られ続ける必要もあるまい。また放浪生活を続けるのも悪くないのではないか？　くはははははは』

茶化すニーズヘッグだったが、イネスもその案に頷いた。

「確かに、ニーズヘッグの案も悪くはないかと思います。ローグ様が大切にしていらっしゃる戦力を投じてまでこの国に尽くすことはありません。カルファ・シュネーヴルへの義理も充分果たせているかと」

二人の説得に苦笑いを隠せないローグは、「昔の俺ならそうしてたかもな」と言って、空を見た。

「ラグルドさんに、グランさん。ミカエラだって、ルシエラの皇女さんだって、みんな鑑定士さんが繋げてくれた仲だ。割と俺はこの国が嫌いじゃないから――滅亡するところなんて、見たくないんだよ。もう二度と自分の居場所は失いたくないんでな」

ローグの目からしても、この国は危機に瀕していることは明らかだった。

人魔大戦も終結し、各国が再建に走り回る中で明らかに国力が低いサルディア皇国には、もう後がないにも等しい現状で、ただ一人奔走していたのがカルファだった。

「昔は守れる力がなかった。追い出されもしたけど、やっぱり故郷の孤児院が襲われてた時に何もできなかったのが悔しかったんだ。けど、今なら守ることもできる。理由なんて、そんなもんだろう」

『主がそう言うのであれば、我等は付き従うのみだな』

「慈悲深きローグ様のお考え、感服致しました」

寄り添うようにローグの肩に額を当てたイネスの頬は、ほのかに紅潮していた。

辺境の孤児院で静かに暮らしていた頃の二の舞は踏むまいと。

新たな居場所ができたのならば、今度こそ、平穏無事に仲間と一緒に楽しく暮らしていくために。

ローグの目の前には今、六年という長い月日を経て培ってきた戦力の全てがあった。

「死霊術師《ネクロマンサー》、ね」

「どうかなされましたか、ローグ様」

イネスが、心配そうに問うた。

「忌避だ何だと避けられて、戦場の死体を漁るハイエナだと蔑まれて、それでもここまでやってきた。そういえば、イネスと出会うまでは護衛の十人ほどしかいなかったっけ。率先して戦力拡張してくれたのは、凄く助かった」

懐かしむように言うローグに、イネスは微笑む。

「ローグ様ほどのお力を持った方が、それを持てあましているのが我慢ならなかっただけですよ」

『ほぅ、そうだったのか。我が主の元に参じた頃は、既に千ほどの軍勢を保持していたものだ』

「っつーか、お前の蘇生を提案してくれたのも、イネスだったからな」

『……な……んだと!? い、イネス、それは本当か!? なぜ黙っていたのだ!?』

「実際に蘇生させたのはローグ様ですから。私は進言したに過ぎません」

『お、お主がいなければ、我は再びこの世にもいられなかったということか……く、くははは。……い、イネスよ。肩でも揉んで――』

「結構です」

ニーズヘッグの提案を一蹴したイネス。

ローグは苦笑いを浮かべながら、慰めるようにして巨体ニーズヘッグの頬を撫でた。

「軍勢作ったところで何ができるんだってひねくれて、死霊術師《ネクロマンサー》なんてどっかに捨ててきてしまいたいって文句ばっか言ってた俺に、サルディア皇国の鑑定士さんの存在を教えてくれたのはニーズヘッグだったな」

『む。たまたま、飯の確保に向かう途中に遠征組のパーティーから聞いた半信半疑の話だったがな。ようやく見つけたと思ったら窮地に立たされてもいた。ああいう形で取り入れたのは、不幸中の幸いであったな』
行く当てもなく、宿り木もなく、闇に紛れて世界を旅していたローグを受け入れてくれたのが、カルファだった。
死霊術師《ネクロマンサー》だったということで、どこの国からも避けられ、疎まれていたローグだったが、彼女にとっては藁にも縋《すが》る思いだっただろう。

——よろしければ、サルディア皇国内にある冒険者ギルドに。新たな職業、『冒険者』をやってみませんか？


カルファはそう言って、ローグに新しい道を示してくれた。

冒険者ギルド・アスカロンという場所に導いてくれた。

ニーズヘッグは、『グルルル』と喉を鳴らしながら、『そういえば——』と呟いた。

『イネスは、それが面白くなかったようだな』

「に、ニーズヘッグっ！　あなた突然何てことを!?」

『居場所を見つけた主《あるじ》が我等の元へ帰ってこないのではと、毎晩毎晩膝を抱えておったのはお主ではないか』

「——っ！？！？！？」

『な、何をするイネス！　嘘は言っていないであろうが！』

ボッと顔を赤らめたイネスが、無言でニーズヘッグの腹部にポス、ポスと弱々しい拳を当てている。

いつもクールで表情を崩さないイネスが、感情丸出しで、顔を真っ赤にしてうろたえている。

柔らかな銀のポニーテールが、寂しく左右に揺れていた。

「ロ、ローグ様がお仲間やお友達を見つけることは、昔からの悲願です！　私も、嬉しいに決まってます！　決まってます！」

『イ、イネス！　お主の拳、案外痛いのだからもう少し……悪かった、我が悪かぐふぅ!?』

「この戦いが終わったとて、完全に関係が断ち切られるわけでは、ないのですから！　ローグ様が、生き続けられる限り、我等とて――……」

ニーズヘッグが、イネスの拳を受け続けて顔を真っ青にしていた中で、彼女の振り上げた拳を掴んだのは、ローグだった。

「ごめんな、イネス」

後ろから優しく抱きしめるようにして、ローグはイネスの身体に手を回した。

――冒険者か……それもいい。失った時を取り戻すには、一番かもしれないからな。

――それなら早速その冒険者ギルドとやらに行ってみようか。イネス、ニーズヘッグ、行くぞ！

死霊術師《ネクロマンサー》という職業を、今まで一番忌避と考え、逃げだそうとしていたのは自分だった。

——仰せのままに。

どんな時も、イネスはその一言と共に後ろをついてきてくれていた。

だが、主である自分が悲願に近付こうとすればするほどに、彼女らにどんな残酷な選択を強いていたのかなど考えようともしていなかった。

死霊術師《ネクロマンサー》を否定するということは、培ってきた不死の軍勢《かれら》を、忠実に付き従ってくれていたイネスとニーズヘッグ《かれら》を否定するのと同じだったというのに。

「自分のことばっかで、ついてきてくれた皆のこと、全然考えられてなかった。考えようとも、してなかった」

「我々は、一度は朽ちた身です。頂いた命と、大恩を少しでもお返しできるならば本望。ここの皆、一様にそう考えています。ローグ様の昔からの悲願達成が何より嬉しいのも、本当です」

イネスは、ローグの手を震えながら握った。

「ですが、新たな舞台に上がられた暁には……。気が向いた時でよいのです。ほんの少しだけ、私どもの方を振り返って、思い出してくだされば、私たちは——」

ローグの手甲に、一粒の雫が流れた。

だからこそ、ローグは思いを込めた。強い決意をもって、宣言した。

「振り返りなんかしない。俺は、新たな舞台に、ここの皆を連れて行く」

逃げずに、戦うことを。

自らの運命から逃げずに、抗うために。

「……皆を、連れて行く？」

「あぁ、だからまずは、皇国を救う。他のどんな国から嫌われたっていい。くだらない奴から何言われたっていい。皇国を見せつけてやろう。世界に、俺たちを見せつけてやろう」

ローグは、不死の軍勢を見渡した。

終着点を迎えた不死者たちは、再び歩みを進める。

亡国に瀕したとある一国と、侵略国家は見届けることになる。

「皇国《ここ》が不死の軍勢《おれたち》のスタートだと、知らしめてやろう」


——月が地平線に落ちていくなかで、不死者たちは再出発を誓ったのだった。


そんな彼らの元に凶報が飛び込んできたのは、早朝のことだった。

サルディア皇国内で、深夜の魔物討伐に赴いたアスカロンの冒険者たちが大きな被害を受けた。

ローグの耳に飛び込んできた情報は、時を同じくしてサルディア皇国全土に知れ渡っていった。

国家機密的に進むルシエラ・サルディアの即位式が迫った前日の出来事だけに、大聖堂内部にも大きな波紋が広がっていた。

＊＊＊

朝日が昇ろうとする早朝。

不死の軍勢のメンテナンスを終えたローグたちが、冷たい空気の冒険者街に赴くと、そこには異様な雰囲気が漂っていた。

ミニマム化して、ローグの肩に貼り付いているニーズヘッグ、イネスと共に、アスカロンの前に赴く。そこには、妙な人だかりができていたのだ。

人混みをかき分けてアスカロン敷地内に足を踏み入れると、まるで野戦病院さながらの状況だった。

「し、ししょー！　大変です！　た、大変なんです！　いくら治療しても、次から次へと重傷者が――――！」

ベッドも足りずに床に転がされている冒険者たちの傍で、献身的に回復魔法をかけ続けるのはミカエラ。翡翠の美しい髪が、汗で頬に貼り付いていた。

「カルム！　冷たい水を汲んできて！　受付嬢さんは倉庫からありったけのタオルと回復薬《ポーション》を！」

「はッ！」

「も、もう回復薬《ポーション》の残数も二〇個ほどしかありません！　近頃の供給量不足もありますし、何より集中治療室に運ばれた回復術師《ヒーラー》さんたちにほとんどが使われています！」

「完全な回復薬《ポーション》でなくても構いません！　回復薬《ポーション》は水を注いで、薄めてから使います！

魔法力回復薬《MPポーション》は!?」

「そ、そんな高い代物一つしかありませんよ!?」

「あるなら、魔法力回復薬《MPポーション》はミカエラさんに！　とにかく、ありったけ……！　重傷者の次はパーティーリーダーを中心に！　全員死なせないでくださいッ！」

重たい銀鎧を脱ぎ捨てて、床に広がる冒険者たちの血が身体に付着していてもなお、関係なしにと指揮を執《と》っていたのは、カルファだった。

団らんの雰囲気に満ちていたアスカロンがたった一日で様変わりしている。

そんな様子にさすがにイネスやニーズヘッグが押し黙ってしまう。

「そこのお三方！　手が空いているのなら手伝ってください！」

受付嬢の焦る怒号にローグが頷くと同時に、イネスやニーズヘッグも困惑しながら治療中の皆に混じる。

事の様子を訝しむローグに、「う、動かないでください！」とミカエラが制止している一つの影が話しかけてきた。

「よぅ……ローグ。っはは。久々の夜任務かと思えば、この有様だ」

「あ、あはは、ってて……。オレたちでも、軽い方なんだけどね」

「グ、グランさん、ラグルドさん！」

見慣れたパーティーリーダーが二人揃って、アスカロン前の固い土の上に寝そべっている。

所々流血している上に、切り傷も相当深い。

だが、それ以上に不可解なのはそれぞれに凍傷、火傷などの外傷や、止血しても失血が続く状況など明らかに、どこかしら魔法の存在が窺えることだ。

「俺なんかはどーだっていい。むしろやべぇのは回復術師《ヒーラー》だ。ギルドの中の本格的な治療室で応急処置はしてもらっているが……俺たちより、遥かに傷が深い。メンバーさえ守れなくって、何がリーダーだってんだ……」

ラグルドよりも重症のグランは、握り込んだ拳を地面に叩き付けた。

「いいから、今は休んでください！　回復術師《ヒーラー》さんたちは、必ず助けますから……！」

荒ぶるグランを押さえて、ミカエラは治療を続ける。

「……おはようございます、ローグさん」

額の汗を拭って、カルファがローグの隣に立つ。

うめき声をあげる冒険者たちを横目に、グランたちに気付いたカルファは呟いた。

「グランさん、ラグルドさん、意識を戻されたんですね！　よかった……！　も、申し訳ないのですが状況を詳しくお願いします！」

ラグルドはゆっくりと、確認するかのように言う。

「カルファ様、ありがとうございます。昨夜の夕方から夜にかけて、皇国首都近郊に多数の魔物出現が確認されました。等級はおおよそDランク相当です」

「Dランク？　それでラグルドさんたちがこんな目に？」

「オレが確認したところでは、確かアスカロン所属全十二チームが出撃していたと思います」

ラグルドに続いて、グランもため息をついた。

「任務内容んところにゃ、『どっからともなく湧き出てきた』って文言ばっかだ。それにどのチームも回復術師《ヒーラー》が致命傷を負って、ギルド内部で治療を受けてんのが現状だ」

「回復術師《ヒーラー》を戦闘不能にしておけば、パーティーが瓦解することを低級魔物が理解してたってことですか……」

「だろうな。Dランクの魔物がそこまでの知性を持ち合わせているとは思えないが、状況を見るとそう判断せざるを得ない。おまけに、魔法まで使えるようになっていやがった。魔物同士が連携組んだり、魔法使ったりなんざ、聞いたことねぇってのになぁ」

グランの言葉に、カルファは思わず拳を握りしめた。

「よりによって、こんな時に――ッ！　どこからともなく、ともすれば皇国兵を首都各地に配備強化するしかない……？　かといって戦力が落ちている皇国兵を宛がうわけにもいきませんし……なにより、今ルシエラ様の護衛を減らすのは絶対に……!!」

頭を抱えるカルファだが、ローグは「どこからともなく湧き出てきた……？」との言葉に、ふと思考を巡らせていた。

「イネス、お前、確か転移魔法使えたっけ？」

ローグの言葉に、回復薬瓶《ポーション》をいくつも抱えたイネスが「はっ」とすぐさまローグの方に向き直る。

「それならば遙か昔に習得しております」

「その転移魔方陣、今は湿地帯とアスカロン付近に置いてくれてたよな。複数置くことは可能か？」

「転移魔法は、転移魔方陣を点とし、最低二カ所に設置することによって成り立ちます。転移魔方陣間には人が瞬間ワープできる程度の魔法力の線――例えるならトンネルのようなものを形成させる分の魔法力が必要になりますから。それを複数となると……理論上は可能ですが、どの魔方陣にも完全に魔法力を宛がうのは、かなりの魔法力操作と量が必要になるので、不具合が生じやすくなるかと……」

ぴかんと何かがひらめいたローグは、手を叩く。

「ん、ありがとう。鑑定士さん、ミカエラ。この場は任せた。イネス、ニーズヘッグ、支度してくれ」

「仰せのままに。目的地はどう致しましょう」

『またよからぬことを思いついたのか、ウチの主は』

一同の反応を見たローグは暢気《のんき》な顔で天井を指さし、言った。

「空、行くぞ。一度この国をじっくり見てみよう」

＊＊＊

サルディア皇国上空に浮かぶ三つの影。

「悪いな、イネス。俺の代わりに翔んでもらって」

「とんでもございません。この程度のことに、ローグ様のお力を使う必要などありません」

パタパタと飛ぶニーズヘッグを横目に、イネスは問う。

「皇国上空に、何の用事がおありなのですか？」

イネスに抱えられたローグと一行は、皇国上空へとやって来ていた。

イネスも、必然的にローグを落とさないように強く抱きしめて、そのふくよかな胸を存分に主の頭に押しつけることができるために満更でもない様子だ。

ローグたちの仮拠点である湿地帯、この国におけるエルフ族の故郷・オボルド地区、果ては皇国北部に連なるユーリウス山脈までもが見渡せる。

「多分、俺の推測が正しければ、敵さんの魔法術師は全部狙ってやってるんだと思う」

「件のヴォイド・メルクールでしょうか？」

「あぁ。多分、俺が来る前から相当仕組んでたんだろうな」

そう言って、ローグは手の平に漆黒の魔法力を練り上げた。

近くで見ているだけでヒリつくような極大の魔法力に、イネスもニーズヘッグも思わず息を飲む。

「イネスは、転移魔方陣いくつ設置できるんだ？」

「おおよそ三つでしょうか。それも、数人が通れる程度の、ですが」

『主の持つ不死の軍勢連中を大移動させるにも、転移魔方陣はさすがに使えまい』

「当たり前でしょう。何百、何千の駒を動かせるならば、何もないところから唐突に伏兵が出せるようになりますから。集団戦略がどれだけ楽になるでしょうか」

「それだよイネス。だからアスカロンの冒険者は壊滅したんだ」


ブゥン。


手の平に溜めた極大の魔法力が、サルディア皇国全体に広がっていく。

広がっていった魔法力は、徐々に黒い粒となって皇国の地にある紋様を浮かべ、さらに線として繋げる。

「こ、これは――!?」

「反転移魔法《アンチ》、旅人の軌跡《ゲオメトリ》。使う魔法力は桁違いになるが、これで転移魔方陣の大まかな場所と結んだ場所が分かる。それにしても、敵さんは大胆なことしてるな」

『ほう、帝国《やつら》の国章の刻まれた転移魔方陣か。……にしても主はいつそんな魔法を覚えたのだ』

「ずっと前からイネスの転移魔法を、真似し続けてた途中の副産物として習得したんだ。小さい頃は、突然イネスがいなくなったりしてて寂しかったからな。ひょんなことでイネスの転移魔方陣を探れるようになってたんだ」

『それはもはや転移魔法よりも遥かな難度だと思うのだが――』

横で少し引き気味のニーズヘッグだったが、そんなことなど全く耳に入らないのはイネスだ。

自らの何倍もの転移魔方陣を、魔法力の線で繋ぐという規格外の所業が目の前に広がっているのだから。

「首都を中心とした五つの巨大転移魔方陣……ですか。これだと、魔物の軍勢を突然出現させることが可能に……？　ですが、有り得ません。人間如きがこれほどの巨大な魔方陣を構築するなんて！」

『なるほど転移魔方陣の位置と、アスカロンに寄せられた魔物討伐依頼場所も全部一致するな。人間め、なかなかに面白いことを企む輩がいるではないか』

悔しそうに歯噛みするイネスに、ローグは言う。

「こればかりは、俺たちが持ってない国単位の『集』の力だ。一人の力じゃなく、何十人も、何百人もの魔法術師の魔法力が、この転移魔方陣に詰まってるんだ。帝国は、本気で皇国を滅亡させにかかってるんだ」

「皇帝の死、魔物襲来で皇国正規兵の四割の消失と、この度のアスカロン冒険者の壊滅。となると――」

「恐らく、今夜にでも仕掛けてくるだろうな。あれほどの大規模転移魔方陣を持続させるだけでも相当だろう。今回の魔物襲撃はいわば前哨戦だ」

イネスは、そう告げるローグの身体をぎゅっと抱きしめた。

「ローグ様、いかが致しましょう」

ゾワッと。すぐ近くにいるイネスが首筋に冷や汗を流す。

怒気をはらみながらも冷静さを微塵も失うことのない冷徹な魔法力が、主の身体から迸《ほとばし》っていたからだ。

「――大切な、大切な先輩方を傷つけた奴をのさばらせておくほど、俺は優しくはないよ」

得体のしれない新人冒険者であるローグを、快く迎え入れてくれたアスカロン。

新人任務にも嫌な顔一つせずについてきてくれたラグルドやグランが、宴の楽しみ方を教えてくれた皆が倒れ伏していたあの状況は、とても看過できるものではなかった。

「イネス、ニーズヘッグ」

「はっ」

『あぁ』

ローグは、サルディア皇国全土を見据えて不適な笑みを浮かべた。

「次の皇国襲撃が本戦だ。この地に足を踏み入れた者は、二度とこの国にちょっかいをかけて来られないほどに俺たちで徹底的に叩き潰すぞ」

『「仰せのままに」』

サルディア皇国上空に流れた不穏な魔法力は、風に乗ってどこまでも、どこまでもたゆたっていくのだった。

＊＊＊

地上に戻ったローグたちは、傷病者が数多く転がっているアスカロン前で一休みをしていたカルファの前に立っていた。

ミカエラの献身的な治療や、大聖堂から派遣された皇国正規兵の回復術師《ヒーラー》、大聖堂の奥の方から引っ張ってきたらしい回復薬《ポーション》などをフル活用した結果、悲観的な状態からはようやく脱することができたようだ。

ラグルドやグランなどは包帯を巻いているものの、他の傷病者の手当てに回れるほどには回復が完了している。

動ける冒険者は、全体の半分程度と言ったところだろう。

再び銀鎧を纏ったカルファが、皇国兵から渡された紙とにらめっこしていた際に、ローグは言う。

「鑑定士さん、分かってるとは思うけど、恐らくこの襲撃はまたすぐ来ると思う」

「……バルラ帝国ですかね」

「なんだ、知ってたのか」

「ええ、まぁ。ルシエラ様もおっしゃっていましたが、元々帝国は前帝王の時代から侵略国家を思わせる節がありましたからね。国土は広くとも資源はそれほど多くない帝国に比べ、我が国は国土こそ広くないものの資源には自信があります。彼らが狙いを定めるのも充分理解できますよ。それに、さぞかし懐柔しやすかったでしょうしね」

ローグたちの知らない前皇帝には、カルファも随分参っていた。

だが、その都度悪戦苦闘しながらも国の存続を目指すカルファの姿には、ローグも感心するばかりだった。

「対魔族掃討戦が終わり、共通の敵もいないとなると後は身内同士の争いになるのは分かりきっていたことです。私たちに力が無かったことも事実ですが、やれることは全部やります。ルシエラ様と、皇国民を守ることこそが、今の私の最大の使命ですから」

吹っ切れた様子で言うカルファに、ローグは疑問を覚えざるを得なかった。

「そうまでして守りたいもんかね、『国』ってモンは」

嘆息気味のローグの言葉に、カルファは苦笑いをしながらも「もちろんです」と答える。

「皆《みな》の故郷です。なくなれば、悲しいでしょう。何より、ルシエラ様が悲しまれます。個人的にルシエラ様に忠誠を誓う身として、あの方は将来、必ずやサルディア皇国に光を取り戻してくださる方だと、私は信じています」

カルファは、銀鎧の胸中央部に描かれた皇国の国章に手を宛がった。

「前にもお話した通り、ルシエラ様はナッド様の実子です。ですが、父親に愛されたこともありません。母君は、彼女を産んだ直後に亡くなりました。それでもルシエラ様は常にこの国を憂い、この国の未来を健気に占っています。ルシエラ様の占術によって皇国の運命が変わったことは数知れません。そんな彼女のこれまでの頑張りを無駄にしないためにも、私は走り続けないといけないのですよ」

そう言うカルファに、ローグは皇国の地図を差し出した。

皇国首都周囲に五つの点。そして、それらを繋げる線がマークされていた。

「五個。それが、帝国側が皇国に仕掛けてる転移魔方陣の数だ。おおよそ、一個中隊が入れるほどの魔方陣が、皇国首都周りを囲んでいる状態だ。皇国側の戦力で太刀打ちできそうかな？」

予想を上回る敵の工作に目を疑うカルファだったが、すぐに気を取り直して地図を指で追った。

「正直言って、厳しいかと思われます。戦闘可能で残っている皇国正規兵の全てを投じても、これだけ広範囲だと……。それに、恐らく大将として攻めてくるであろうヴォイドがどこに現れるかが分からない以上、皇国最大の戦力であるカルムらは首都中央に置いておく必要があります」

と、そんなローグやカルファたちの元にやってきた集団があった。

「カルファ様、どうかその戦力の中にオレたちを加えてはくれませんか。オレたちだって、このまま黙って寝てるわけには、いきません……！」

「皇国正規兵との共闘なんざ考えたくもないくらいだが、俺たちゃ俺たちで引き下がってらんねぇんだよ」

全快とまではいかないものの、何とか立ち上がれるようになっているラグルドやグラン――そしてその後ろに控えているのは、アスカロンの冒険者たちだった。

皇国正規兵と、冒険者との間には大きな溝があることも確かだ。

皇国正規兵は主に貴族街周囲を中心とする駐屯部隊であり、総魔法力量含め、生まれながらにしてかなりのステータスを保有する者が多い。

反対に、冒険者は生まれながらにして平民出身であり、直接的な任務などを通して地力を上げて、優良なステータスを築き上げる者が多い。

そんな中で、グランは言う。

「俺たちは今、魔法力こそ全快じゃないが、これまで鍛え上げてきた地の利と経験がある。深夜の襲撃で無様に敗走した身で偉そうなことも言えないが、頼む」

グランと共に、ラグルドや、受付嬢、そして他の冒険者たちも頭を一様に下げた。

「皇国正規兵の魔法力と、俺たち冒険者の経験や地の利が合わされば、何とか奴等の侵攻を食い止めることができる。いくらでも使ってくれ」

そう言うグランの後ろでは、満身創痍ながら頷き合う冒険者の姿があった。

「……ぁ」

カルファは、一度押し黙る。

ローグと出会う直前の対魔物戦では、皇国正規兵は無様な敗北を余儀なくされた。

当時の皇帝の逃亡も相まって、国のトップが魔物によって屠られ、地の利もなく崖下に追い込まれて全滅寸前にまでなった。

あそこでもし、地の利や経験が豊富な冒険者を頼っていたら結果が大きく違っていたかもしれない。

カルファは、国を憂う仲間としての冒険者たちの瞳を見て思わず俯いてしまっていた。

だが、すぐ顔を上げて後方に待機していたカルムにすぐさま令を下した。

「カルム、今すぐ動ける皇国正規兵をアスカロン前へ集合させてください。冒険者の知恵を仰ぎましょう」

「――はっ。グラン、恩に着る」

カルムは、走り際にグランに頭を下げた。

「国が潰れりゃ元も子もねぇからな。っはははは」

蓄えた口髭をさすりつつ豪快に笑うグラン。

ラグルドは、向き直ってローグに言う。

「これでローグさんも戦列に加わっていただければ、百人力だね！　今夜来るかもしれない魔物の襲撃も、きっと乗り越えられるよ！」

ラグルドのその言葉に、アスカロン前の士気は急上昇していた。

「あっ……で、ですが――」

その姿に水を差すかどうか迷っているカルファの傍らで、ローグは話を引き継ぐ。

「帝国の宰相、ヴォイド・メルクールは現時点、極めて緻密な計画を立てています。ナッド・サルディア政権時からの皇国への軍事介入。ここで、皇国領地に多数の転移魔方陣が設置されました。宰相ヴォイド・メルクールに提示されたSSランク昇格試験の任務は、今晩。恐らく、皇国への本格的な襲撃もそれに合わせてくるでしょう。今の皇国にとっての最大の武器は、帝国の転移魔方陣計画を完全に把握できていること。そして――」

ローグは、確信をもって後ろを振り返って呟いた。

「俺たちには、帝国側が長年かけて培ってきた転移魔方陣を、ぶち壊せるだけの技があることです」

「あー……ってことはあれだな、ローグ。お前は、帝国の宰相が予想している通りの行動をしつつ、奴等の発生源をぶち壊していく。そういうことだな」

グランが、顎髭をぼりぼりと掻き毟りながら武骨な笑みを浮かべた。

「オレ、今日で死ぬかも……」

自信なさげにラグルドは身震いしていた。

「そうです。ローグさんがＳＳＳランク昇格試験を突破し、転移魔方陣も崩壊させたならば……！　魔物勢だけでなく、帝国の魔法術師の戦意も喪失させることができますよ！　何せ、ヴォイドや私たち《世界七賢人》よりも上位の存在が現れるんですからね！」

カルファがぶつぶつと思考を張り巡らせながら、地図を何度も確認する。

空を見上げ、太陽が南中に上がっているのを確認するカルファ。

「ローグさん。例えば、昇格試験と、転移魔方陣の崩壊。二つをこなすとすれば、帰還はいつ頃になりますか？」

ローグは冒険者たちと、カルファを見渡す。その強い瞳を確認したローグは不適な笑みを浮かべた。

「早くても、夜まではかかるな。何せ、転移魔方陣の範囲が広すぎる」

「夜、ですか」

「壊した転移魔方陣を乗っ取れば、造作もない。それにさ、冒険者なら、例え罠であったとしても折角掴んだチャンスを不意にするのは、嫌だからな！」

ローグの決意表明に、カルファはほっと胸をなで下ろす。グランや、ラグルド、受付嬢を始めとしたアスカロン冒険者は次々にグーサインを出した。

「それでこそだ。アスカロン初のSSランクになって帰ってこい、ローグ」

「こ、こっちはそれまで何とか凌いでおくから、なるべく早く帰ってきてねローグさん!?」

快活に笑うグランと、ビビりまくるラグルド。

ローグの背中をドンと押したグランは、顎髭に手をやりながらにかっと笑う。

そんな冒険者たちの人だかりを懸命に掻き分けてやってくる少女がいた。

「ししょー！　全員の治療が終わりました。みなさん、魔法力もたくさん減ってたので、流れをちょっといじくって元通りにさせてもらいました！」

ピシィッと敬礼ポーズと共に尖ったエルフ耳をピクピクさせてやってきたのはミカエラだ。

「よぉしよぉしよくやってくれたぞ～」

「うへへ～～」

わしゃわしゃとミカエラの翡翠の頭を撫で回すローグに、ミカエラは心酔しきっているようだった。

「本来ならミカエラにも来てもらいたいところだが、危なすぎるからお留守番だ。鑑定士さん、お願いするよ」

「は、はい、分かりました」

「……むー」

少し不機嫌そうにミカエラは口を尖らせた。

せっかく入ったローグのパーティーに、どうしてもついていきたい。そんな様子だ。

そんなミカエラの様子を知る由もないローグは、戸惑い、迷いながらもポケットに手を突っ込んだ。

「鑑定士さん、頼みがある」

「はい？」

ローグは他の誰にも見られないように、カルファに複数枚の紙を手渡した。

「魔方陣、ですか」

「鑑定士さんからみんなに渡してほしいんだ。なるべく使わない方がいいんだけど、いざという時になったらお願いして良いかな？」

ぐっと、魔方陣を掴まされたカルファは困惑気味に「いざ、ですか」と復唱した。

「あぁ。……その代わり、鑑定士さんだけは裏切らないでほしいかな」

寂しそうに、張り切る冒険者たちを見つめるローグの真意を悟ったカルファはきゅっと唇を結んだ。

この魔方陣は、ローグの私兵を呼ぶものであると。あれだけ嫌った死霊術師《ネクロマンサー》の私兵だと、分かったからこそ――

「何から何までローグさん頼りで申し訳ありません。その代わり、帰ってきたら皆さんでお祝いをさせてください。史上初のＳＳＳランク冒険者を。皇国の危機を救った英雄の帰還を祝して」

そして深々と頭を下げるカルファ。

「お祝い、期待しておくよ」

皆の声援と期待を込めて、ローグ、イネス、ニーズヘッグの三人はサルディア皇国の首都を後にした。

彼らの出立から三時間後、皇国全土に謎の魔法力反応が現れることになるのだった。

第四章　ドレッド・ファイアの冒険

「一般市街北西・エルフ居住地のオボルド地区に三隊配置、南西・首都の正門とも言われるガジャ地区にはBランク獅子の心臓《レグルス・ハーツ》、北東・冒険者街のあるダルン地区にドレッド・ファイア、南東・シャルロット地区にはカルムら皇国正規兵の小隊……。ヴォイドが現れるとするなら――」

日も西に傾き始めた大聖堂中央のミーティングルームで、カルファはぶつぶつと長方形の駒を戦力に見立てて、地図の上で動かしていた。

首都周囲を取り巻く、ローグから教えてもらった五つの巨大魔方陣に即して戦力を分けたカルファは大きくため息をついた。

パチリ、パチリと数枚の手札を伏せていくルシエラ・サルディアは落ち着いた声色で言う。

「この国にもはや安全な場所などありませんよ」

ルシエラがペラリと捲《めく》ったそのカードには、何も描かれていなかった。

悪魔も、天使も、ピエロも、何一つ描かれていない白紙のカードだ。

占術を得意とするルシエラにも白黒つかないカードの結果に嘆息しながら、小さく呟いた。

「万が一、私の身に何か起ころうものならば後を託してもよいですか、カルファ」

皇国に流れる空気は驚くほど穏やかなように思えた。

このまま何事もなく、皇帝の即位式を行えるならばどれほど平穏か。

いつものように夜になり、朝を迎えることができるならばどれほど安心か。

ドン底に陥っている弱小国家の年若き皇女が、自らの命を達観している。

皇国にではなく、ルシエラ・サルディア個人への忠誠を誓っているカルファは、頭を上げた。

「ルシエラ様は、皇国の心臓です」

ルシエラはつまらなさそうに数十枚のカードをシャッフルした。

「予期するとおり、今回の襲撃があるとすれば、彼らは前回の討ち漏らしを逃さないでしょう」

前皇帝ナッド・サルディアは、皇国の長でありながらも、実質的に他国からは脅威として見られていなかった。

可能性があるとすれば、次代の王。

サルディア皇国再興を根絶させたければ、ルシエラ・サルディアを狙ってくることは明白だった。

ルシエラは、手持ちのカードをじっと見つめてからもう一枚の札を取り出した。

吉兆を表すとされる、天使の絵柄のカードだ。

「待つだけでなく、未来を掴み取れとの、命でしょうか」

「共に乗り切りましょう」とカルファが笑った、その時だった。

「失礼しますッ！」

一人の衛兵がミーティングルーム内に飛び込んでくる。

「首都周辺区画にて、未確認の魔法力反応を検知！　昨夜のものより遥かに大規模です！」

衛兵の言葉を聞いた二人は、互いに示し合わせるかのように顔を見合わせた。

「カルファ。最も戦禍の大きそうな場所はどこになるか、見当つきますか？」

そう問われたカルファは、「はっ」と短く応答した。

「私の勘が正しければ、そこは――」

確信めいた、含んだ笑みをカルファは浮かべる。

「最も臆病で、最も堅実な戦い方をする、新進気鋭の冒険者パーティーの担当区域です」

＊＊＊

「んぉぉぉぉぉなんかいっぱい出てきたぁぁぁぁぁ!?」

「……いやぁ、ホントにたくさんすぎてちょっと勘弁してほしいなこれは」

「オレたち、昇格試験落ちたんだよな!?　なんでこんな大仕事任《あんとき》されちまってんだ!?」

「さーな。どっちにしろ、カルファ様が決めたことだ。昇格試験みたいにシャンとしてくれ、リーダー。アタシはそれについていくだけだからさ」

嘆息しつつ、持ち武器である長槍を肩にトントンと当てるのは、ドレッド・ファイアの槍使い《ランサー》、シノン。紫髪の短髪が、夕日に照らされて淡く輝いていた。

そしてもう一人は、膝をガクガクさせて剣を持つラグルドだ。

ローグと初対面したときのような好青年感はどこに行ったのか、そうシノンが思えるほどに、表面上は頼りがない。

ラグルドを部隊長として以下数十名の皇国正規兵と冒険者たちが陣を張る、そんなダルン地区。

首都正面の真裏にあるその一帯を、ヒトは『首都の闇』と称する。

『首都の正門』とも呼ばれるガジャ地区（獅子の心臓《レグルス・ハーツ》担当区域）は、正門とも言われるからこそ、煌びやかな街並と地方からの出稼ぎ商人たちによる、物品販売拠点となっている。

だが、その反対に冒険者街のあるダルン地区は、冒険者ギルド・アスカロンを筆頭に冒険者用の防具・武具販売のお世辞にも綺麗とは言えない店や生活に困窮した者たちの住処となった裏通りも多く、泥臭さの強い街並みだった。

鉄と血生臭さが一体となるこの地区は、見栄えこそ悪いものの冒険者活動の要である。

この要所を潰しておけば、冒険者も再起はできないという狙いもあるだろう。

ブゥンッ。

そんな鈍重な音と共に小さな魔法力反応がいくつも合わさって、地面に巨大な円が描かれた。

バルラ帝国国章と、転移召喚の呪文式が刻まれた大円から、紫色の光が迸《ほとばし》る。

まるで地面から生えてくるように、その魔方陣からは次々と魔物の群れが現れる。

地面はぬかるみ、生ぬるい風が吹き抜ける湿地帯。

ベチャリ、ベチャリと生々しい音を立てつつゆっくりと前進してくる群れに、思わず後方から声が漏れる。

「気味の悪い……ッ！」

ラグルドたちの後方では視界を覆う者までいた。

先頭指揮を担うリーダーのラグルド・サイフォンは腕に巻いていた炎色のタオルを頭に巻く。

ラグルドにとって、勝負をかける証である。

ラグルドに近寄ってきて、皇国正規兵は言う。

「敵勢力、Eランク級ゴブリンが一二〇、Dランク級ゴブリンキング一〇……は分かるんですが、あれは——？」

正規兵の指す先には、他種のゴブリンとは明らかに違う個体があった。
E、Dランク級は正規兵も戦ったことがあるが、その戦場を歩くのは、一つの巨体。
緑色の素肌に、デコボコと盛り上がった筋肉質の体躯《たいく》。下半身の二倍ほどもある上半身。

下顎に生えた野太い牙からは、止めどなく涎が垂れ流されている。

全長にしておおよそ三メートル。ヒト二人分ほどもある化け物は、他のそれとは明らかに体格も、魔法力量も別格だった。

ラグルドの背筋が思わず強張った。

「あ、あれ、ゴブリンロードだよね？　よりによって今、鉢合わせるか……!?」

ラグルドの背中をポンと叩いて、シノンは言う。

「確か、一国に一頭。その国のゴブリン全てをとりまとめるバケモンがいるってのはよく聞くが、実際見るのは初めてだな」

ドレッド・ファイアのラグルドとシノンの会話についていけない正規兵は、頭の上に疑問符がいくつも並んでいるようだった。

見かねたシノンは進軍するその魔物部隊を見て説明する。

「ゴブリンロード。推定ランクA、ゴブリンの真の王だ。数百年単位で生き長らえ、勢力を伸ばし、属性不明の魔法を使うこともある。アンタらが前戦ったゴブリンキングが中将だとするなら、ゴブリンロードは大将って考えりゃいいよ」

「……ッ!?　そ、それなら――」

皇国正規兵の間に動揺が走る。

以前彼らが大敗したものがゴブリンキングなのだから、当然だろう。

「ローグの旦那に、いいとこ見せるんだろ？」

シノンは手持ちの槍柄でラグルドの腰をポンポンと叩く。

言うや否や、ラグルドは思い出したかのように呟いた。

「そうだ、オレたちでもローグさんが帰ってくるまでは、持ちこたえてみせる……！　いや、倒しきってみせる！」

先ほどまでの臆病な素振りは微塵も見せないその表情で、腹を決め、大きく息を吸った。

「各個撃破優先して、五人一組を崩さずにして混戦だけは避けて！　皇国上級兵とDランクパーティーは道を作ってくれ！　ドレッド・ファイアがゴブリンロードを打ちのめす！」

四方に目線を移しながら叫ぶ司令塔に、シノンは大きく頷いた。

「やっとウチのリーダーがやる気になったか……。いっつもエンジンかかるまでが長いんだよッ！」

好戦的な目をしたラグルドたちに向けられる敵意。

「ヴォッフン。ンヴァッゥフン」

『ォォォォオオオッッ！！！』

冒険者・皇国正規兵連合軍の前に現れた魔物群の主戦力が、大きく雄叫びをあげると共に、ゴブリンの群れは小刀を片手に各々《おのおの》突っ込んでくる。

「全員、生きて帰って、朝まで飲み明かすぞッ！　進めぇぇぇ!!」

『うぉぉぉぉぉぉっ!!』

大地を揺るがす咆哮にも負けず、ラグルドは先頭に立ってゴブリンの群れに向かい、直剣を振り下ろしていく。

「グォォォォォォォャッ!!」

ヒトの腰ほどしかない身長のゴブリンだが、その俊敏さはかなり厄介なものだ。

一頭一頭の持つ小刀の先に塗られた液体は、触れれば一瞬にして全身に麻痺が広がる植物性の毒である。

毒が身体を巡り、硬直したところで多数で群がって滅多刺しにして相手を屠ることを主軸攻撃とするのが、ゴブリンたちだ。

「コイツら、突いても突いても、キリ……ねぇぞ！　悪いが援護射撃止めんじゃねーぞ！」

冒険者・正規兵連合の先頭を切り開くのは、シノンら槍使い《ランサー》と長刀持ちの近接戦闘組だった。

「んらぁぁぁぁぁぁッ!!」

ゴブリンの胸元に槍を突き立て、強引に力で振り飛ばしたシノンは汗を拭って前方を見る。

巨大斧持ちのゴブリンキングを先頭に、小刀装備のゴブリンたちがバラバラに突っ込んでくる。

突っ込んでくる雑魚を蹴散らして道を作るのが正規兵の役割だとすれば、ゴブリンキングの討伐はシノンたちの役割だ。

「ゴフンッ！」

生温かい荒息と共に振り下ろされるゴブリンキングの斧。

三メートル大の筋肉質な身体から振り下ろされるそれは、地面を穿つと大きなクレーターを形成していく。

もうすぐ日も暮れる。

オレンジ色の夕日が地平線に落ちていく中で、それぞれの鮮血が宙を舞う。

世界が赤に染まり、場は乱戦の様相を呈していた。

どこからか檄が飛ぶ。同時に、隊列上空には、辺りを照らす篝火《かがりび》が出現する。

ラグルドはゴブリンの肩に刃を斬り下ろし、ずぷりという粘着質な音と共に剣腹を捻って首を掻き切る。

「ゴァ――」

血を吹き上げながら、空を舞う首がごとんと地に落ちる頃には、もう次の標的に刃を向けている。

次のゴブリンが迫り来る寸前のわずかな隙を見つけながら、ラグルドは命じた。

「――シノン！」

「了解だぁぁぁぁぁッッ!!」

ラグルドの合図と共に、シノンは槍を地面に突き立て、反動を利用して大空へと舞い上がる。

「衝撃魔法、魔槍地変《アルマゲドン》ンンン!!」

待ってましたと言わんばかりに、シノンは槍の先端になけなしの魔法力を込めた。

シノンが使える魔法力の全てを注ぎ込んで、魔物群がる大地に向けて放たれたその槍は、地面に直撃すると同時に辺り一帯に巨大な衝撃波を生み出した。

「ヴァァァァァァッ!?」

「よっしゃ雑魚共は全員吹っ飛んだぞ！」

生み出された衝撃波によって、ゴブリン群の一部は崩壊。

すかさず陣を立て直そうとするゴブリンたちを遮って、皇国正規兵の一人が叫んだ。

「大将首は任せたぞ、ドレッド・ファイアッ!!」

「任された！」

「そっちも、何が何でも死ぬんじゃねーぞ！」

ラグルドとシノンは、わずかにできた隙間を掻い潜り、乱戦を抜ける。

するとそこには、待ち構えていたかのように、総大将であるゴブリンロードが左腕に魔法力の波動を滾らせていた。

「って、やべぇな読まれてたんじゃねーか、これ……？」

「伊達にゴブリンの王になってないだろうしな」

「悠長なこと言ってる場合かよ！」

ラグルドが剣を、シノンが槍を構えた瞬間。

「オゥゥゥルガンムッ‼」

一閃。

ゴブリンロードの、丸太ほど太い左腕が前に突き出されると、シノン目がけて大質量の闇を纏った魔力弾が撃ち出された。

「はっや⁉」

逃げ遅れたシノンの視界が、瞬時に禍々しい黒に侵食されたと同時に、

「魔法力付与《エンチャント》、炎撃剣！」

シノンの前を過ぎたのは、昔馴染みの魔法力の気配。

炎の魔法力を纏った直剣は、闇の魔力弾を真っ二つに斬り裂いていった。

本来、魔法という概念的な攻撃を物理的に防ぐことは厳しいとされるにもかかわらず、

「つしゃ！　つしゃ！　オレにもできたよ、ローグさん！」

ラグルドは、剣一本で大質量の魔法を斬ってのけたのだ。

「ら、ラグルド、アンタいつの間にそんな高等技術身につけたんだよ？」

「あぁ、すげーだろ。ローグさんの初任務の後すこしだけ教えてもらったんだ、魔法力付与《エンチャント》。

どうしてもカッコよかったからな」

少年のような純真な瞳を輝かせるラグルドに、シノンは「はぁ」と小さくため息をついて立ち上がった。

「まだ行けるな、ラグルド？」

「あぁ、あんなバケモン後ろにまわすわけにはいかないからね！」

刃に反射していた日も完全に地平線へと落ち、辺りは暗闇に包まれる。

魔法術師たちが灯す篝火以外の光が失われた、魔物たちのフィールドだ。

体長おおよそ三メートル。下級ドラゴンをその腕力一つで屠るほどとも言われるゴブリンロードの太い手足は、直撃すれば即死することは明らかだ。

「やっぱ、他の奴等とは段違いだな」

「オレたちもしかしてツキの無さで言ったら断トツなんじゃ……？」

「むしろ断トツでラッキーじゃんよ、ラグルド。グランのおっさん追い越して、ウチがアスカロンのトップに立つんだろ？」

「そういや、そんなことも言ってたっけ。ローグさんが来て、SSSランクになって帰ってきちゃうから叶わなそうだけど、ナンバー2では、いたいかな」

雲が晴れ、空には満月が浮かんでいた。

銀光が確かな輝きを放ち始めると同時に、ラグルドとシノンは大地を強く蹴り上げた。

炎属性の魔法力付与《エンチャント》を施したラグルドの直剣とシノンの槍が、手ぶらで待ち構えるゴブリンロードの身体に触れる、その直前。

「オボル、ンボルフォンフ――」

ゴブリンロードがうめき声のような音を出す。

「あぁん？　具現魔法だと？」

思わずシノンの顔が強張った。

魔法力が集約し、ゴブリンロードの右腕には、ラグルドたちの背丈ほどもある巨大な剣が現れたのだった。

刃先が少々刃こぼれしているものの、月光を反射して輝く銀の巨大刃には思わず二人の背筋が強張った。

具現化するものを細部まで脳内補完し、形にする際にも魔法力の微細なコントロールが必要とされていることから、衰退したとされているはずの具現魔法を、正確無比に扱うゴブリンロードは、脅威以外の何物でもない。

「……っ!!」

ガァンッ!!

ラグルドは力任せに直剣を振り抜いた。

シノンも小手調べとばかりに穂先を首に目がけて突き出すが、その攻撃の両方がゴブリンロードの持つ巨大な刀身に阻まれてしまう。

「ンヴォッフ!!　ンヴァアップ！」

「何言ってっか全然分かんねぇんだよ、このデカブツがぁぁぁッ!!」

くるりと獲物を反転させて、上段から振り下ろしにかかったシノンだったが、ゴブリンロードはその体躯《たいく》に似合わない軽やかな動きで後ろに反れていく。

二人が剣と槍を振り下ろしたその瞬間に生まれたわずかな隙。

「ヴァンブ！」

大きく振りかぶったゴブリンロードは、力任せにその大剣を振りかぶる。

「いっっっっってぇ!!」

「ぐ……！」

即座に槍の柄で大剣を受け止めるシノン。シノンを支えようと手を差し伸べたラグルドも、身体が宙を舞う。

ミシミシと骨が軋む音が聞こえたと思えば、二人の身体はいとも簡単に宙に投げ出されていた。

「ラグルド！　お前また怖じ気づいてんのか！」

先ほどから動きに機敏さの無いラグルドの胸ぐらを、シノンは掴んだ。

「いや……なぁ、シノン、よく見てみろよ。あの剣、見覚えないか？」

「あぁ？」

ゴブリンロードが大地を蹴って、二人に急接近する。

武器は完璧に模倣していても、剣術までは完璧ではない。

ざっくばらんに、右に左にと大剣を振り回すゴブリンロードの攻撃を、一切受け付けないように回避しながら、シノンは訝しむ。

「先端が刃こぼれしてる、くらいか？　そういや、完璧に模倣してるっぽいのにそこだけ雑なのもおかしいが――……」

「ンヴァルンヴォンンン！」

ドゴンッ!!

鈍い音と共にゴブリンロードの一撃が大地を穿つ。

砂埃と土塊が空へと浮かび、地響きが鳴る。

その様《さま》にピンと来たシノンは、態勢を立て直してラグルドの隣に立った。

「そういうことか。あれは木剣《ぼくけん》だってことか？　Cランクパーティー・アーセナルの団長が使ってたってやつ」

Cランクパーティー、アーセナル。先日、ラグルドたちの行った昇格試験における、デラウェア渓谷《空白の第十一階層》にて痕跡を残していたパーティーの名だ。

アスカロンでも捜索隊による調査が続いていたが、結局掴めた手がかりは十一階層に残されていた武器や防具などの備品のみ。

そのパーティーの長は、木剣《ぼくけん》使いだったことをラグルドは思い出していた。

シノンは、呆れたように思い浮かべながら言う。

「そういやいたよな。鉄製の剣にしておけばいいものの、わざわざ木剣《ぼくけん》にランク落として使ってた偏屈団長だっけか。装飾だけは鉄製の剣を真似てたんだ」

「アーセナル団長は風属性魔法の使い手だった。自然を味方にして戦う手法で、木剣《ぼくけん》とは相性が良かったんだよ。風属性の魔法と地脈の流れを使った擬似的な魔法力付与《エンチャント》が可能だったしね」

「なるほど、そりゃ木剣《ぼくけん》でも強ぇな」

じっと、シノンがゴブリンロードの大剣を見て「そういうことか……」と小さく呟いた。

ラグルドは落ち着いた声音で言う。

「アーセナルとデスペラードの失踪にも噛んでたってわけだ。皇国の資料として最前線の冒険者を屠って、さらに魔物に武器と対冒険者戦闘の知恵を教え込んだってところか。頭の悪ぃやつを丸め込むのがうめぇな、帝国さんはよ」

「感心してる場合じゃ無いだろう。それより、あいつが、あの木剣《ぼくけん》をそのまま模倣《コピー》したんだったら、付け込む隙はあるかもね」

「アーセナル団長が使えばそれなりの強さだったが、それ以外が使えばただの木剣《ぼくけん》ってことか。それにラグルドの魔法力付与《エンチャント》があれば……！」

「そういうこ――とっ！」

ラグルドとシノンの間に割って入るように、ゴブリンロードは剣を突き立てる。

「シノン！　三〇秒だけ奴の相手頼んだ！　全部の魔法力使い切るッ！」

「人使いが荒いリーダーだな！　了解！」

シノンは、言うや否やゴブリンロードの間合いに踏み込んだ。

「らぁぁぁぁ！！！」

雄叫びと共に槍の穂を横薙ぎにして、ゴブリンロードの脇腹を斬り裂こうとするも、その灰緑の皮膚は硬すぎて少しも刃が通らない。

「物理攻撃だけじゃ、無理か……！」

歯ぎしりをするシノン。

ゴブリンロードの垂らす涎《よだれ》がふと、シノンの頬を掠めた。

微かに緑がかった顔が紅潮しているゴブリンロードは、荒い息と唾液を撒き散らしながら、片腕でシノンの腕をグッと掴んだ。

「ヴァンボン!!　ヴァン!!　ヴァンプゴァンボッポップ！！！」

「だっから、何言ってんのか分かんねぇってぇぇぇぇ!!　って、ちょ、やめろ!?　汚ねぇ鼻っぱしら押しつけてくんじゃねぇぇぇ!?」

気味の悪い笑みだと分かりながらも、力強く掴まれていて振り切れないシノン。

そんな時だった。

「助かったよ、シノン！」

ゴブリンロードは、迫り来るラグルドの気配を感じ取った。

もはや脅威とも見なしていないのか、シノンの腕をがっちり掴みながらゴブリンロードは空いた片手で剣を構え、ラグルドのそれを迎え撃とうとしていた。

「――炎属性、魔法力付与《エンチャント》、蒼炎剣《クリムゾン・フレア》」

剣の形が、ゆらりと形を変える。

ボォッと。

蒼い炎を纏ったラグルドの剣は、振り下ろされるといとも容易《たやす》く木剣《ぼくけん》の刀身を折った。

一瞬にして真っ赤に燃え上がったのは、折れた刀剣。

人間が見ても、ゴブリンロードの狼狽ぶりがうかがえた。

「……ヴァンユ？」

「それは、お前じゃ扱い切れないよ」

ラグルドは、無防備となったゴブリンロードの胴を目がけて属性付与剣《エンチャント》を振り抜いた。

「――ヴピ」

ゴブリンロードはそれを防ぐ間もなく、胴体からプスプスと焦げた匂いを漂わせていた。

身体の奥深くまで刻まれた炎属性の魔法。身体を揺らめかせ、力尽きたようにシノンの身体から手を放した。

するりと、シノンが着地するのと同時に、三メートルほどもある大きな身体はようやく地に沈んでいった。

「うげ、きったねぇ」

シノンは、頬についたゴブリンロードの唾液を、ラグルドの袖になすりつけた。

「つははは、シノン、ゴブリンの王様にモテモテだったじゃないか。あれ、絶対惚れて……うん、分かった、本当にごめん、だからその穂先をオレに向けるのはやめるんだ」

ツンツン、ツンツンと。

ダルン地区での厳しい戦闘が少し落ち着きを見せる中で、シノンは穂先で、倒れたゴブリンロードを突っついた。

「これ、もう動かねーよな？　大丈夫だよな？　急に抱きついてきたりしないよな？」

体長三メートルほどもあるゴブリンロードの顔を気味悪そうに見つめるシノン。

いつも好戦的で、挑発的な彼女からは考えられないその態度だったが、ラグルドは言う。

「おいシノン。そんな突っ立ってないで剥ぎ取り手伝えー。早くしないと他の奴等に取られちまうぞー」

「お前はこんな戦地のド真ん中で、よくそんな悠長に剥ぎ取りなんかできるな!?」

「そりゃ剥ぎ取りは冒険者の基本でしょ。それに、あの魔方陣からの出現はきっちり途絶えてるし」

「……まぁ、そりゃそうだけどよ」

シノンの見つめる先には、いまだに戦っている者は多いものの、先ほどのような嵐の如き襲撃はなくなっていた。

「なんつーか、嵐の前の静けさっつーか……。あ、ラグルド、ゴブリンロードの体内魔法石はアタシに寄越してくれ。新しい槍先に魔法力付与《エンチャント》するのに使う」

「お前もちゃっかり剥ぎ取ってるじゃないか」

死体と血生臭さが広がる戦場で、少しばかりの静けさに身を任せて、二人はゴブリンロードの解体を続けていた。

――と。

「へぇ、それがゴブリンロードの体内魔法石ですか。僕も見たのは初めてです」

「はっ！　どこのどいつか知らねぇがこれはアタシのだ。誰にも渡さねぇからな！」

「シノン、俺ら・・の！　俺ら・・のだから！」

戦場に突如現れたのは一人の青年だった。

燃えるような紅い瞳と、整えられた深紅の長髪。

冒険者とは明らかに違う、高貴な服装をしたその男は、シノンの隣にしゃがんで倒れたゴブリンロードを覗き込んだ。

「これは、とてもいい素材ですね」

「ゴブリンロード特有の体内魔法生成器官の体内魔法石、それに武具や防具に大活躍の皮だったり、弓矢の鏃《やじり》、調合素材にもなる堅骨だので、案外あますところがないんだよな。ゴブリンキングですらそうなんだから、ロードとくりゃ全てが一級品だ」

吟味するようにゴブリンロードの姿形をまじまじと見つめるその姿に、シノンは上機嫌に聞く。

「そういや、アンタはこの近くで見ない顔だな。正規兵にも、アスカロンでも見たことねぇ。よりによってこんな時にこんな場所にいるなんて、運ねぇよな。怪我はないか？」

「ええ、ご心配、ありがとうございます」

青年は、シノンが素早く解体するのを見つめる。

「そんな物珍しく見なくたって、解体順序はゴブリンキングと大して変わんねぇだろ？」

「いえいえ、僕たちの国ではそのゴブリンキングですら希少種なのですよ。何しろ、資源が乏しいもので、魔物なども住みにくい地域なんですよね。何なら、魔物を見たことがないヒトもいるほどですから」

「ふーん……なんつーか、冒険者《アタシら》以外にとっては魔物が出ないなんて過ごしやすいことこの上なさそうだな」

グシュ、ベチャリ、ズクと。

肉と内臓を仕分ける生々しい音を聞きながらも顔色を一切変えない男に、シノンは念を押したように言う。

「……や、やらねぇからな？」

「ご心配なく。私は、そんな小さなもの一つにわざわざこだわりませんから」

シノンの挑発に、紅長髪の優男は悪魔のような笑みを浮かべた。

「――僕が欲しているものは、この国全てですので」

パチンと。

男――ヴォイド・メルクールが指を鳴らしたその瞬間。

辺り一帯には、闇夜を紅に染め上げる魔方陣の光が輝きを放っていった。

「おいおいアンタ、そっち側かよ」

苦笑いにも似た表情で、シノンは毒づく。

そんなヴォイドは涼しげな表情を一切崩さない。

皇国の大地に大きな魔方陣が姿を現す。

紅色の淡い光が地上に広がり、濃密な魔法力の集約が確認された。

ゴブリンたちと相対し、ようやく戦場が落ち着いてきたかと思われた矢先に現れたのは、手甲にバルラ帝国国章の意匠を施したローブ姿の集団だ。

魔物たちに先陣を切らせ、皇国軍が疲弊しきったところに主力戦力を投入する。

全てが理に適っているからこそ、今の皇国兵士たちを絶望に叩き落とすには充分すぎた。

「シノン、これ、多分今までの魔物襲撃も全部説明ついちゃうやつだね。ローグさんの初任務に現れた時と、同じだ」

ラグルドは、忌々しそうにヴォイドを見つめる。

ローグが赤・白龍と対峙した時と同じ状況に、ラグルドは思わず顔をしかめた。

ゴブリンロードを討ち取るためだけに、仲間と離れていたラグルド、シノンだったが、取り残された戦力で、ゴブリンだけでなく新たに現れた敵にも対処しなければならなくなった。

魔法力も、力も切れかけた皇国兵士や冒険者たちの絶望は目に見えて分かった。

「悪く思わないでください。これも、僕たちが生き残るには仕方がないのですよ。ドレッド・ファイアのラグルド・サイフォンさん、シノン・アスカさん」

驚く二人に、ヴォイドは自身の手甲にあるバルラ帝国章入りの魔方陣を見せつけた。

シノンは、その魔方陣に「ん、何か見たことあるぞこれ……？」と首を傾げる。

ラグルドは小さく呟いた。

「世界七賢人が一人、魔法術師ヴォイド・メルクール。皆の憧れである世界七賢人がこんなことをするなんて、正直、失望しましたよ」

「ヴォイド!?　ヴォイドってあれか！　有名なあのヴォイドか！」

炎を象《かたど》った意匠を施された鉢巻きを巻き直したラグルドに、まじまじとヴォイドを見つめるシノン。

ヴォイドが召喚した帝国兵士たちは、次々に魔法詠唱を奏でていく。ダルン地区は、あちらこちらで魔法が飛びかう激戦区へと戻っていた。

「シノン、連戦だが、行けるな！」

「も、もちろんだ！」

ラグルドは直剣を翳《かざ》し、シノンは槍先をヴォイドに突きつける。

二人の剣戟を眉も動かさずに避けるヴォイド。

「ラグルドさんの直剣は、皇国北西部のミスリル鉱山から採掘されたザイラット鉱石を元に作られた一振りでしょうか。素材もさることながら、良い刀鍛冶に仕立ててもらえたようですね」

「そりゃどうもッ！」

ラグルドは大きく剣を振りかぶる。

「防御魔法――」と、ヴォイドが小さく呟けば、見えない壁に阻まれるかのごとく、ラグルドの剣戟は跳ね返される。

「おっりゃぁぁぁぁ!!」

槍先を突きつけたシノンの攻撃だが、ヴォイドは見えない壁の奥からシノンの槍先を覗き込む。

「これも、なかなか興味深い。ミノタウロスの堅角……と言ったところでしょうか？　ミノタウロスなど、祖国では死体すら見たことがありません。羨ましい限りですね」

にやり、笑みを浮かべるその姿にシノンの背筋は思わず強張ってしまっていた。

反射的に槍先を引っ込めたシノンに、ヴォイドは魔法力を込めた。

「大地の精よ、帝国の魂よ、帝国の主の御前《おんまえ》に勝利を献上せよ。――集積爆炎魔法、呪いの大炎《アポカリプス》」

発した言葉は言霊となり、ダルン地区を大きく囲むようにして地面から黒い炎が浮かび上がる。

「……な、消せない！　消せないぞこれ！」

「黒い炎には絶対触れるな！　呪性魔法の類いだ！　魂そのものまで燃やされるぞ！」

「じゃぁなんであいつら何ともなってないんだよ！」

「そんなの知るか！　とにかく、中央に逃げろ！　外円にいたら焼け死ぬぞ！」

「と、遠くに見えるあれも……他の地区にもこんなのが出てきてんのか……？」

黒い炎は、それに触れた兵士たちの身に纏わり付いていく。

徐々に体内へと吸収されていくかのように消えていったかと思えば、次の瞬間にその者は膝から崩れ落ちてしまう。

呪いの類いで発動されたそれは、人の魂をも燃やし尽くす。魂を燃やされ、抜け殻と化した身体が戦場に転がっていくのに、そう時間はかからなかった。

「ＳＳランクの集積魔法。帝国兵士たちと手甲の紋章を共有《リンク》させて、彼らの魔法力の一部をお借りして発動させています。それによってようやく、ハイレベルな魔法を使用することができているんです」

クイッとヴォイドが指で地面を示した。

「な……っ!?」

「んぉぉぉぉぉぉう!?」

地面から突如姿を現した蔦《つた》が、ラグルドとシノンの身体に鋭く巻き付いた。

驚くしかない二人に、ヴォイドは言う。

「僕たちには、これしかないんです。あなたたちみたいな潤沢な資源もない。武器を作るだけの資源もなければ、創る人材も残らない。いくら広大な土地があろうとも、荒れた土地ばかりでは生産性も上がらない。地面の遥か下にある地脈に流れる自然魔法力《マナ》を供給源とする魔法を栄えさせるしか、ありませんでしたから」

「世界七賢人の名を汚してまですることですか……！」

「どこも名誉で飯が食べられるほど、余裕もないんですよ。その証拠に、皇国となりふり構っていない。カルファが雇っている傭兵がまさにそれじゃないですか」

身動きの取れないラグルドは、「雇った……？」と疑問を隠せない。

「ローグ・クセル。今まさに、ＳＳＳランクの昇格試験に赴いている新星の冒険者ですよ。とはいえ、もう落ちているでしょうけど」

澄まし顔で呟くヴォイドに、ラグルドは目を見開いた。

「ローグさんなら、きっと昇格試験なんて余裕で突破して帰ってきます！　あなたは、ローグさんの凄さを知らないだけだ！」

「ええ、知ってますよ。知っているからこそ、この場にいられたら何よりも邪魔だった。そして、いつまでも皇国側にいられると目障りだった。今頃は、僕の部下が上手く処理してくれていることでしょう。いくら強いと言っても、任務戦闘が終わったところに正体不明の魔法騎士団に出くわせば、元も子もないでしょうからね。全てを合わせれば僕さえも凌駕する戦闘力を持った彼らなら、討ち漏らしもない。終われば、渡しておいた転移魔法で戻って、掃討戦を——」

ヴォイドが得意げに語り、再び両手に極大の魔法力を込めた、その瞬間だった。

ラグルドの懐《ふところ》にある、カルファから渡されていた魔方陣が、ゆらりと地に落ちた。

羊皮紙に象《かたど》られた、独特の魔方陣が淡く光を放ち始めていく。

「これはこれは。どこのどなたか存じませんが、我が主のことを見くびってもらっては困りますね」

『本当にあんな雑魚どもを蹴散らしただけで人類最高峰なのか？　我等、騙されてはいないだろうか？』

小さな魔方陣から現れた、二つの影。

白銀のねじ曲がった角に、銀のポニーテール。

バサッと、三対の黒翼が背から生えると共に、彼女の左目からは深紅のオーラが漏れ出した。

そしてもう一つの影。一対の角質ばった黒翼を大きく広げ、十メートルほどの巨体を揺らすのは巨龍だった。

混沌とする戦場に現れた、魔王と龍王。

「い、イネスさぁぁぁぁぁん!!　ニーズヘッグさぁぁぁぁん!!」

『派手にやっているではないか、くはははははは』

ふとイネスたちは辺りを見回す。

一つ、生命創世の混合魔法によって、蔦《つた》に縛られ身動きを封じられたドレッド・ファイアのラグルド、シノン。

二つ、二人の登場に呆気を取られて魔法力を練り込んだままのヴォイド・メルクール。

おおかたの状況を瞬時に読み取ったイネスは、涼しい表情で魔法を使う。

「破壊魔法、影の斬り裂き《リップ・シャドウ》」

イネスが無造作に唱えた瞬間に、ラグルドらを縛っていた蔦《つた》は、彼ら自身の影によって斬り裂かれていった。

「い、イネスさぁぁん!!　ありがとうございます！　ありがとうございます！」

「た、助かったよ、ありがとう」

ラグルドとシノンが、絡まる蔦《つた》から解放されていく。

「ローグ様からの命です。先輩を何としてでもお助けしろ、と」

ヴォイドは、浅いため息を付きつつ呟いた。

「……どうも」

警戒を解かないヴォイドに、イネスは問う。

「一応、お聞きしましょう。主が所属するサルディア皇国に、何の御用でしょうか」

イネスの凍てつくような目線に、思わずヴォイドの額に汗が流れた。

「サルディア皇国に攻めてきていた魔物の掃討のお手伝い——と、言ったところで、どうやら信じてもらえそうにないでしょうね」

シノンもラグルドも、縛りを解かれてへたへたとその場に座り込んでしまっていた。

恐らく、精も根も尽き果てた中でヴォイドと次戦に突入しようとしていたのだろう。

「ニーズヘッグ。雑魚の掃討はお任せしても？」

『いいだろう。先ほど暴れたりなかったところだ。思う存分、やらせてもらおう。主の帰りまでに、ある程度掃除は終わらせておいてやらないとな。くはははッ！！！』

ニーズヘッグが、最後に一仕事と言わんばかりに大きな翼をはためかせて飛び上がる。

「ロ、ローグさん！　ローグさんは、どうなったんですか!?」

ラグルドは、魔法力枯渇のために意識が朦朧とする中で、震える腕でイネスに手を伸ばしていた。

　辺りを見ても、戦力差は絶望的だったことはイネスにも理解できた。

　――こ、こっちはこっちで何とか凌いでおくから、なるべく早く帰ってきてねローグさん!?

　アスカロン前であそこまで怯えていた冒険者が、文字通り命を賭して耐えきったのだ。

「私たちはローグ様に先んじて帰還して参りました。主は現在、帝国の魔方陣を乗っ取る最終調整の最中です。じきに、どの地でも戦力差はひっくり返りますよ」

　イネスのその言葉に、安心したかのような、そんな表情でラグルドは、いつものような頼りない笑顔で、静かに目を閉じていったのだった。

「人間にしては、上出来だった――と、評して差し上げましょう」

　体力も、精神も限界を超えた二人が安堵の表情で地に伏せる傍らで突如、ヴォイドの手中に魔法力が集積する。

「これ以上の予想外は排除させていただきますよ。あなたが何者であれね」

　イネスも、呼応するように動き出した。

「ローグ様に楯突く愚物は、消し炭にしてさしあげましょう」

「つははは。面白い。転移魔方陣発動!!　皆の者、皇国の狗《いぬ》などまとめて薙ぎ払ってやりましょう！」

ヴォイドは掌に魔法力を乗せた。

魔法力は、ダルン地区全域に広がっていく。先ほどの紅の光が今一度、地上を照らす。

地上に魔方陣の円が発現し、そこから帝国の兵士が――

「我が帝国最高峰の魔法術師の皆さんです。誰であれ、私たちの計画を踏みにじる者は……者は……者……は……？」

――現れることはなかった。

「……どういう、ことだ？」

ヴォイドの表情が固まる。

代わりに澄ました表情で、イネスは言う。

「あなた方の転移魔方陣は、既に我が主の所有物です。何か、問題でも」

ヴォイドが掌に乗せた紅の魔法力に呼応して、紅の魔方陣からは帝国の魔法術師たちが一斉攻撃をするはずだった。

だが、魔方陣から出現したそれは、明らかに異形のそれだった。

意識を失い、傀儡のようになって、腐った臭いをまき散らしながら前進を続ける腐人《ゾンビ》。

全身を骨格で覆われ、槍を手に無我夢中の突進を図る骸骨兵《スケルトン》。

その数、おおよそ数千。

「我等が主、ローグ・クセル様の代理として命じます」

イネスは、掌に浮かべていた極大の魔法力を握りつぶした。

禍々しい突風が波紋となってダルン地区に広がり、波動を受けた異形がピキピキと蠢き出す。

「不死の軍勢、進撃せよ」

ダルン地区の地平線を埋め尽くすような異形が、魔物と帝国兵士に次々と襲いかかっていった。

ゾンビの大群は、仲間の屍を超えて帝国兵士の首筋を噛みちぎろうとする。

「こ、こんんの……！　ひ、火属性魔法業炎《ガルズ》!!」

帝国兵士は、亜人族に有効とされる火属性の魔法を撃ち込む――が。

「グヘェッ!!」

ゾンビの一体が、片腕のみで帝国兵士の魔法攻撃を受け止める。

「……！？」

「ガフッッ!!」

焼け焦がれた腕のことなど気にも留めず、ゾンビは一目散に兵士の首元へと噛みついた。

「ぁ――う……」

一体が首元に噛みつけば、もう一体は腹部に。もう一体は下半身に。

ゾンビに群がられた兵士の傍らでは、スケルトンがその機敏さをいかんなく発揮していた。

「この、バケモンめ!!」

帝国兵士の魔法攻撃を軽やかに避け続けるスケルトンは、神速で敵の喉元を槍先で貫き切った。

「今だ！」

別の兵士が、携帯していた小刀でスケルトン一体の首を折る――が。

「コッ、コッ……コッ」

首を折られたスケルトンは頭蓋骨を自身で拾い、元の場所にくっつける。

「コッ、コッ、コッ――!!」

首を二、三度まわしてスケルトンは再び攻勢を開始していた。

「な、やばい！　コイツら、斬っても斬っても死なないどころか、どんどん現れやがるな!?」

「に、逃げろ！　とにかく逃げろぉぉぉぉぉ！」

帝国兵士たちが逃げるのを、近くにいる巨龍は見逃さない。

暴れ回るニーズヘッグの発する巨大な衝撃音と火炎の勢いは、逃げ惑う帝国兵士たちに直撃していく。

『しばらく、眠っておいてもらおう。なぁに、殺しはしてないさ。くはははは!!』

ニーズヘッグは高笑いをしながら、上空から炎を吐き続けていた。

「な、何が……起こって……」

こんなはずではなかった、と。

ヴォイドは歯をぎしりと鳴らした。

味方が次々と減っていく。

対照的に、突如乗っ取られた魔方陣からは止めどなく異形の軍団が姿を現してくる。

「ヴォ、ヴォイド様！」

ふと、ヴォイドの背後には魔方陣と共に一人の兵士が姿を現した。

帝国の個人転移魔方陣からだった。

「しゃ、シャルロット地区、ガジャ地区にて謎の集団が現れ、我が軍は甚大な被害が……！」

「謎の、集団？」

「斬っても斬っても湧いてきます！　誰一人として倒れない、ゾンビやスケルトンが、数にしておおよそ千以上！　お願いします！　ヴォイド様でないと太刀打ちできない状況なのです！」

「僕でないと……？」

「――はいッ!!　皇国を根絶やし、この潤沢な土地を帝国のモノにするためにも、あなたの力が必要なのです!!　ここは私たちが受け持ちます、さぁ！」

年若き青年が、真っ直ぐな瞳でヴォイドを見つめていた。

一人の兵士の後ろに、次々と魔方陣が展開されていく。

一つ一つの魔方陣から、剣や魔法術師の杖を手にした男たちが次々と姿を現していく。

皆、絶望の中で一縷《いちる》の望みであるヴォイドを頼りにしている。

容赦のない皇国への蹂躙劇を、間近で眺めていたヴォイドの表情から、初めて余裕が消えた。

ヴン、と。次々と音を立ててヴォイドの周りに転移の魔方陣が展開され、幾人もの兵士たちが姿を現していく。

「ヴォイド様！　全地区、劣勢です！　味方の魔法力反応が次々に消失！」

「ガジャ地区からご報告！　Sランク級巨人《トロール》出現に手がつけられません！　倒したところで復活する、不死者《アンデッド》だと思われます！」

「んなことよりダルン地区《こっち》の方が先だ！　何だあのバカみたいなドラゴンは！　精鋭の魔法術師が壊滅だ！　もう戦線が維持できていません！」

「世界七賢人のお力を、今こそ帝国がために！　SSランクのその力、見せつけてやりましょうよ！」

ヴォイドの周りに次々と人が集まってくる。

ヴォイドは虚ろな目で呟いた。

「世界七賢人の、力……？」

《魔法術師》ヴォイド・メルクールはSSランクの魔法術師だ。

常日頃から魔法の改良に勤しみ、国家に跨がる転移魔方陣だって考案し、発動させた。

彼らが何不自由もなく空間転移を使えるのだって、ヴォイドが簡易的な魔方陣を開発したおかげでもある。

空間魔法を始めとしたSSランクの魔法を使用するヴォイドは、当然もう一段階上の魔法習得にも臨んでいる。

だが、それは今まで使うことがなかった。

そして、これからも使うことがないだろうと、今この時までは思っていた。

「はい！　先帝の遺志を受け継いで、大陸統一をなし得るのはヴォイド様しかいらっしゃいません！」

希望に満ちた瞳で、帝国兵士はヴォイドにかしずく。

「そうですか、僕の力が、役に立ちますか……」

「はい、もちろんです！　一緒に、戦いましょう！」

「……そうですね。皆さん、僕と一緒に戦いましょう・・・・・・・・・・」

瞬間、ヴォイドの周囲に不気味な魔法力が漂い始めた。

ヴォイドを中心として、赤黒い魔方陣円が兵士の周りを覆った。

「ヴォ、イド……さま？」

「これは決して使うはずもなかった魔法だ。ＳＳランクの概念を超えた、ＳＳＳランクの魔法を。ローグ・クセル。貴方がＳＳＳランクだと言うならば、これで僕は同等だ。これで僕も貴方と同じだ」

空虚な目をして呟くヴォイド。

口調が変わり、目が充血していく。

魔方陣の中から、黒い質量を帯びた幾本の手が、じわじわと伸びる。

ヴォイドの周りに集った兵士たちの脚に纏わり付き、脛へ、腰へ、胸へ、そして、首元へ。

伸縮自在の黒い手は、兵士たちの身体に不気味に巻き付いていく。

「アハはハ」「アソびニキたヨ」「イっショニあソボ？」「フフフ」「オにーちゃーン！」「あタラしイおもチャガきたネ！」「わたシがさキだよー！」「きれーナかラだしテルネ！」

幾重にも重なって聞こえてくる、子供たちの声。

同じ声質にもかかわらず、距離感も全く掴めない。

「ヴォ……イ……さ……？」

兵士たちは、一歩も動けない。

手を伸ばし、円の外へと逃げようとするも、その黒い手は巻き付いて離れない。

黒い手はどこまでも巻き付き、兵士たちの身体を丸ごと包んでいった。

「あなた、こちら側に足を踏み入れたのですね。よりによって、私が一番忌むそれで……」

帝国兵士十人あまりを飲み込んだ黒い手は、光の粒子を発しながら消えていく。

もちろんそこに、飲み込まれていた十人の姿はない。

粒子は次第にヴォイドの元へと集約されていき、彼の力は跳ね上がる。

魔法力量も、その質さえも邪気を孕《はら》む。

「子供達の鎮魂歌《リベリ・レクイレム》。千年も前に、《始祖の魔王》を破滅させたSSSランク級の、伝説の魔法だ。ここにいる奴等とて、ガキどもまでとは言えないが、充分僕の力になり得るだろう……！」

ヴォイドの言葉に、イネスは半笑いで呟いた。

「無邪気な子供たちの活力溢れるその生命力は、魔族にとって何よりの毒です。そんな未来明るい子供たちの命を奪い、自らの血肉とする。人類は、かくもそのような外道にまで落ちぶれることができるのかと、感心しましたよ」

からかうように言うイネスに、青筋を立てながらヴォイドは笑う。

「この技を知っているとは、驚きですね……！」

「貴方の目の前にいる、この私を誰だと思っているのです？」

イネスは、銀髪のポニーテールに手をかけて挑発するようにヴォイドに笑みを投げかける。

《始祖の魔王》、イネス・ルシファーその人ですよ？　ふふふ」

イネスの言葉に、ヴォイドは「くははは……！」と顔を押さえて笑う。

「何を馬鹿なことを……！　まぁ、いいでしょう。貴女など、相手にしている場合ではない。僕には倒さねばならない奴がいるのでね。勝手にここで暴れまわっているといい。いくらあがいたとてもう遅いと、知らしめてやりましょう。貴女方は、僕を怒らせすぎたのですよ――ッ！！！」

ヴォイドは、虚空を見つめて指をパチンと鳴らした。

姿を消したヴォイド。その行き先は、明白だった。

人の理《ことわり》を捨て、歪な力を手にした男にイネスは舌打ちをせざるを得なかった。

「やはり、人間という生き物は理解できかねますね」

空を見つめ、火の手が上がる方角に手を翳し、イネスは言う。

「向かった先は……大聖堂でしょうか。ローグ様、後はお任せ致しました。敵は、予想通りの動きをしてくれましたよ」

自らの仕事を果たしたイネスが満足そうに頷くと、上空を旋回するニーズヘッグが嘆息混じりに言う。

『おいイネス。そんなとこで突っ立ってる暇あるなら手伝ってくれ』

「魔物は掃討。帝国兵士は戦闘不能。ローグ様の言いつけを破らない程度に、手を貸しましょう」

イネスは、三対の黒翼をはためかせ、夜の皇国を飛翔していったのだった。

第五章　ＳＳＳランク冒険者、帰還する。

首都の中央にそびえ立つ大聖堂に入るには、三つの関門を通り抜けなければならない。

円形状の首都において、中央に大聖堂、その外側を貴族街が覆い、さらにその外側を四つに区分けされた一般街が囲む。

首都機能を維持する面で、最も重要な場所——大聖堂にまで、外部からの敵の侵入があったことは、サルディア皇国史上でも一度もない。

——だが。

大聖堂内部から増殖し始めた山のような魔物の群れは、皇国の最高シンボルである大聖堂の内部を容赦なく踏み倒していく。

血みどろになった戦闘の影響で生じる紅の液体は、煌びやかな王室の絵画や、華麗に装飾された壁にさえも付着し、血生臭さを辺りに広めていった。

「カルファ。これはもしや、絶体絶命という奴ではないでしょうか？」

ミーティングルームに突如として出現したのは、ゴブリンら下級魔物が百あまり。

そこから、全体に広がっていく魔物の対処に、大聖堂内部は混乱を極めていた。

魔方陣から現れたそれらは、ルシエラを標的として一直線に進んでいた。

「その通りです、ルシエラ様。このような事態を招いてしまい、申し訳ありません」

皇国の敗北条件は、主に二つ。

一つに、冒険者・皇国正規兵連合を配置した首都防衛ラインにおける兵たちの全滅。

そして、二つ目。

カルファは、ルシエラを見つめながら言う。

「ですが、ルシエラ様だけは生き抜かねばなりません。誰がどれほどの命を失おうとも、貴女《あなた》だけは生き続けなければなりません。侵略者に祖国を奪われることはすなわち、皇国四〇〇〇万の命が何もない荒野に投げ出されるに等しいのですから」

皇国王族の正統な血を引く次期皇帝――ルシエラ・サルディアの死だ。

各国、いまだ黎明期にある国家運営に関して、それぞれの王の存在は、国のシンボルとして必要不可欠なものとして位置づけられている。

だからこそ、前皇帝ナッド・サルディアの死をひた隠しにし続けていたのだ。

新皇帝の即位式に関しては、既に住民たちにも周知されている。今ここで皇国のシンボルを失うことは、皇国の権威そのものを失うことになってしまう。

ミーティングルームを抜け出し、大聖堂の螺旋階段を下る二人。

その背後には、ゴブリンの群れが短刀を片手に差し迫っていた。

「ギャゥッ!!」

ゴブリンの短刀が、投擲《とうてき》される。

真っ直ぐに投げられたその小刀の向く先は、無論ルシエラだ。

カルファは、咄嗟に着用した銀鎧の腰から直剣を持ち出し、応戦する。

「これでも、才能が無いなりに筋力、魔法力共にAランクほどはあるんですからね！」

振り向きざまに、カルファは剣先で小刀を撃ち落とす。

「水属性魔法、水龍の雄叫《レヴィアタン》びッ！」

後方からしつこく追い回すゴブリンに、カルファは剣先を向けて魔法を撃ち込んだ。

剣先から出現するのは、水流で象《かたど》られた龍の頭だ。

ゴブリンたちが飲み込むようにして襲いかかる擬似的な龍に怯んでいる隙に、カルファたちの下に大聖堂内の衛兵が続々と集まり始めていた。

「大聖堂《ここ》から一匹たりとも外に出さないで！　全衛兵は出入口を固めて、全ての魔物を殲滅してください！　絶対に、市街に奴等を放出しないように！　皇国の存亡は、あなた方の活躍に掛かっているものと覚悟しなさい！」

『――おぉッ!!』

震えるルシエラを引っ張って、カルファは息を切らしながら大聖堂の最下階へと下っていった。

大聖堂内の第一階。

ガラス張りの窓と敷き詰められた大理石が特徴的な部屋の中央に置かれた水晶玉は、かつてローグが死霊術師《ネクロマンサー》という職業を隠蔽するために使用されたものだ。

大聖堂始まりの地。サルディア皇国の中心に作られた、神聖なる一部屋。

皇国旗にも描かれた伝説の古龍が象《かたど》られた青銅像が、街を見守るように壁の中央に設置されている。

「あの時、ですかね」

ルシエラの脳裏に過ぎっていたのは、件《くだん》の新人冒険者ローグ・クセルとミーティングルームにて初対面を果たした、あの時だ。

そんな二人の脳裏に過ぎるヴォイドの姿。

「何が、皇国を護ってくれる力強い味方。何が、父が許したから仕方がない。結局私は、何もできなかった。何も、防ぐことができなかったのですね」

ゴブリンたちの大量出現は、あの部屋の、あの場所で、気付かれないようにと、自然な動きでヴォイドが作り上げていた転移魔方陣のせいだったのは、明白だ。

ローグのSSSランク昇格試験の話が主なのではない。皇国を内部から崩壊させるための布石として現れたに過ぎなかったのだと、気付いたときはもう遅かった。

「ルシエラ様……」

カルファが拳を握って、ルシエラの肩に触れようとした、その瞬間だった。

ドォオオオオオオンッッッ！！！

巨大な崩落音が部屋を包んだ。

天井が崩れ、魔法力の波動が爆風となって、部屋中を荒らし回る。

古龍を象《かたど》った銅像にヒビが入り、二階にいたはずのゴブリンが何匹も宙を舞っていた。

その中心にいたのは、気味の悪い紅と黒のオーラを全身から垂れ流す、一人の男だった。

「やぁ、カルファ！　この力、凄いんだ！　かつての僕を完全に超えている！　魔法力が全身に染み渡る！　力が漲《みなぎ》るよ！　っはははははは！」

ブゥンと、音を立てて男は左手を振り抜いた。

魔法力は固まり、刃と化して唐突に二人を襲う。

「――ルシエラ様ッ！」

咄嗟に、カルファは身を翻《ひるがえ》してルシエラを突き飛ばした。

先ほどまでルシエラがいた地面は、大理石でできていた床が軽々と斬り裂かれ、深い溝が生じていた。

「鑑定・《強制開示》」

尋問のためにと、ジェラート・ファルルにも用いた鑑定士の最終スキル《強制開示》を躊躇いなく使用するカルファ。

【名前】　ヴォイド・メルクール
【種族】　人間族
【性別】　男
【年齢】　２５
【職業】　魔法術師

【所属】　バルラ帝国宰相／帝王代理
【クラス】　SS
【レベル】　85／100↓195／100
【経験値】　40,835,000↓99,999,999
【体力】　S↓SS＋
【筋力】　S↓S＋
【防御力】　S↓S＋
【魔力】　SS↓SSS
（↓1,000,000／1,000,000,000↓4,980,000／1,000,000）
【俊敏性】　A↓A＋
【知力】　S＋↓SS

「レベル上限の突破、ですか。それに、どこかで見たようなステータスですね……！」

彼女の知るヴォイドではないステータスに、死霊術師《ネクロマンサー》の面影を見たカルファは、微かな寒気を感じていた。

「カルファは昔から戦闘に秀でてはいなかっただろう？　この時点で、どちらの肩を持った方が得かは、《知力》SSの君なら簡単だと思うんだけど……なぁっ！　火炎魔法魔法力付与《エンチャント》っ！」

ヴォイドは天井崩落と共に落ちてきながらも、両手に魔法力を込めていた。

ゴブリンの身体を無造作に鷲掴み、その短刀を奪った後に魔法力を付与させる。

灼熱の空気が流れるとともに炎は、質量をもって大きな刀身と化していた。

「はぁ」と、カルファは小さくため息を付きながら言う。

「魔法力酔いして、正常な思考もできていないあなたについていこうとするほど、落ちぶれてもいませんよッ！」

呼応するように、カルファも構えていた直剣に魔法力を込めていた。

剣の中を水流が走り、これもまた質量となって刀身を顕現。

「水属性魔法力付与《エンチャント》、水龍の守護剣《レヴィアマギア》！」

ギイィィインッ!!

ヴォイドが上から放った剣撃を、真正面から受け止めるカルファ。

灼熱の炎剣に蝕まれそうになりながらも、強い水流で象《かたど》られた剣で受け止めていると、蒸発した水蒸気が二人を包んだ。

「あの、でき損ないのカルファが魔法力付与《エンチャント》か。いいのかい？　みるみるうちに魔法力は減っていく。鑑定士のお前が、自分の身の丈に見合わない魔法力を使うなんて、らしくないじゃないか……！」

魔法力付与《エンチャント》は質、量共に並々ならぬ魔法力を消費する。

自身の魔法力量は、鑑定士のカルファであれば常に把握することができている。

カルファは、左目で自身の身体を鑑定した。

【魔法力】400,000／500,000

たった一度の魔法力付与《エンチャント》だけで、総魔法力量の二〇%も持っていかれている。

「そうかも、しれませんね……！」

達観したかのようなカルファの笑いに、ヴォイドはさらに剣先に魔法力量を追加する。

「そんなに意地を張るものじゃないよ、カルファ」

引きつった笑みで、ヴォイドは剣を振り下ろす。

「魔法力付与《エンチャント》……！」

それでも、カルファは受け止める。避けもせずに、真正面から。


【魔法力】300,000／500,000

「……ッ！　ルシエラ・サルディアをこちらに寄越すんだ。ナッド・サルディアの時代を遥かに超える黄金期を、僕たちと共に作っていこう。新体制の帝国の中でも最上級職になれるように計らわせてもらおう。昔馴染みの仲だ。そのくらい、造作もないことなのだから。でないと――」

ヴォイドが、剣を振り下ろす手を思わず止めた、だが。

「――魔法力《エン》、付与《チャント》！　水龍《レヴィアタン》の雄叫び！」

ゴォォォォッッ!!

カルファは、剣先から巨大な渦巻き状の水流を放出させると共に、魔法力の籠もった剣でヴォイドの胸元に向かって、振り抜いた。

体内の熱が膨張し、銀鎧の隙間からは湯気すらも生じ始めていた。

魔法力量が危険値に達し始めたオーバーワークの兆候である。

【魔法力】150,000／500,000

ヴォイドは、炎を纏った剣でいとも簡単にその渦をかき消した。

思わず歯ぎしりをするヴォイドは、ルシエラの方を向く。

「ルシエラ・サルディア。皇国の次期皇帝に問おう。バルラ帝国は、サルディア皇国を吸収したとて、民には一切の介入をしないと約束しよう。我々が望むのは潤沢な資源を少しばかり流してほしいだけ。貴女《あなた》の国の英雄を、かつての旧友をこんな形で潰すのは、僕としても本意ではない」

落ち着きを取り戻し始めたヴォイドからは、先ほどよりもさらに膨大な魔法力が放出されていた。

それが可視化されているためか、彼の後ろには紅のオーラが迸《ほとばし》っていた。

臨戦態勢のイネスのような、そんな雰囲気だ。

られている。

対して、カルファは既に総魔法力量の七割を消失している上に、オーバーワークの兆候も見られている。

剣を杖代わりにして、カルファは肩で息をしていた。

彼我《ひが》の魔法力の差は、歴然だった。

そんな様子を見たルシエラは、きゅっと口を結んだ。

震える肩で、ルシエラはぽつり、呟いた。

「我が父ナッドは、最後まで私利私欲のために生き、誰も信じなかったがために、首都を捨てて生き延びようとし、死んでいきました」

「……そう、貴女《あなた》はまだ若い。僕たちと共に生きていくべきだ」

ヴォイドが、努めて笑顔で呟いた。冷静さを保ちながら、諭すように言う。

だが、ルシエラはキッとした目つきで、迷いのない口振りで強く、通告した。

「だからこそ私は、最後の最後まで配下を、配下の信じるモノを信じましょう。カルファが諦めないのならば、私だって諦めない。帝国の傘下になど下らせない。皇国が、未来永劫輝かしくあるために。私は、最後まで皇国《わたし》としてあり続けます！」

翡翠色の髪が、ガラスに光って輝いた。

凜として立つその姿に、カルファも「配下冥利に尽きますね……」と、息も絶え絶えに呟いた。

「それはそれは、とても残念だ。オーバーワークにもなり、もはや魔法出力すらできない配下と共に歴史の中に消えていく皇女の名前を、私は忘れないでいよう。——火炎魔法、火龍の吐息《ファイア・ブレス》」

ヴォイドは、ため息をつきながら手に込めていた魔法力を放出した。

最大火力の灼熱が、なおも平然と直立するルシエラに襲いかかる。

「舐めないでもらいたいですね、ヴォイド。私は、まだここに……！」

——魔法力付与《エンチャント》。

そう、掠れるような声で唱えたカルファは、力を振り絞って、水龍を象《かたど》った剣を前に突き出した。

【魔法力】50,000/500,000

ルシエラを狙った火炎は、カルファの魔法により相殺。

だが、その代償にカルファは魔法力総量の九五％を失った。

もはや、完全な魔法力付与《エンチャント》を行える魔法力量すらも残っていない。

身体中の筋繊維がボロボロになり、全身に鋭い痛みが走る。それでもなお、カルファはそのギラついた眼光を少しも弱めるつもりはなかった。

「諦めの悪いことを……！　早く白旗を上げておけば！　こんなに苦しまなくてもよかったものを！」

ヴォイドは固く歯を食いしばりながら、剣を振り抜き衝撃波を生成する。

ルシエラの前に立ち、ふらふらになりながらもカルファは持つ剣に魔法力を流し続ける。

「諦めが、悪い……ですか」

【魔法力】25,000/500,000

魔法をもって、ヴォイドの攻撃を相殺しようとするも、しきれなかったものがカルファの銀鎧に傷をつけていく。

【魔法力】10,000/500,000

「むしろ私には、ヴォイド。あなたの方が勝負を急いでいるように……見えますよ……」

瀕死の瞳で、カルファは挑発するように笑みを浮かべた。

「何を、世迷い言を……！」

ヴォイドは、頭を振って、何度も魔法力を練り直す。

【魔法力】50/5000,000

「私が、本当に力量の差を見誤るとでも思ってましたか……？」

カルファは言った。

もはや魔法を打つ力も、剣を握る力も残っていない。

だが、彼女は彼女自身の戦いに勝利した。

「勝算もなしに、皇国への忠義だけを信念に自らと、主《あるじ》の運命を共にすると、本気で思っていたんですか？」

「さぁね。皇国の土に還って、この土地の繁栄を見届けると良い。君と未来を共に歩けなくて、残念だよ。——魔法力付与《エンチャント》」

今までで一番大きな黒炎が、直剣の刀身に纏わり付いた。

ジジジ、と空間を歪めるほどの魔法力が、カルファに直撃しようとした、その時だった。

「助かったよ。おかげでこの国に張られた帝国章の転移魔方陣を、全て上書きする時間もできた」

突如、皇国大聖堂に現れた新たな魔方陣。

それはヴォイドらが張ったものに非常によく似ていた。

ガギィッ!!

魔方陣から姿を現した男は、ヴォイドと同じ剣を持っていた。

「なるほど……その不自然な強化は子供達の鎮魂歌《リベリ・レクイレム》か。まさか、こちら側に近付くとはね」

「あなたは……!!」

その男の姿を見ずして、カルファは疲れ切った身体をルシエラに支えられながら、不適な笑みを浮かべた。

「後は任せましたよ。ローグ……さん……」

ゆっくりと目を閉じたカルファに、男——ローグ・クセルはうなずき、ヴォイドを見下ろした。

「そろそろ戦争遊びは終わりだ。死にたくても、簡単に死ねると思わないことだな」

それはローグの紡げる、唯一の優しい言葉だった。

忌まわしいものでも見たように、ヴォイドは息を吐いた。

それでも、ヴォイドは何とか平静を保ちつつ笑顔を見せた。

崩れた壁の瓦礫に隠れるようにして、ミカエラとカルファは身を隠していた。

カルファに至っては、もはや魔法を打つ余地もないほどにボロボロだ。

「無傷での生還、おめでとうございます。あなたには、少し物足りない任務でしたかね？」

「実に有意義な任務だったね。わざわざ誰かが見物客を寄越してくれたみたいだしね」

ローグも、答えるように笑う。

「それはそれは。Gランクになったばかりの新人冒険者が、一気にSSSランクを手中に収めるスピード出世の瞬間を見たくなった輩でもいたんでしょうか？」

突如、ヴォイドの手中に魔法力が集積する。

「予定がずれて残念だったね、魔法術師さん」

ローグも呼応するように動き出した。

「全く、あなたが来てから私の目論見はことごとく外れていきますね。このタイミングで、とんだ疫病神ですよ。でも強化された今の私には、もう誰も適わない。——黒炎魔法、呪いの集炎《ラグナロク》」

桁違いに濃密な魔法力が渦を巻く。

炎の中に、どこまでも深い黒が入り交じってローグへ襲いかかる。

世界七賢人と称されるほどに、卓越した魔法力量とコントロールを持つその男が発した魔法にも、ローグは片眉すら動かさなかった。

「魔王の一撃《ブラックホール》。どんな攻撃だって、これさえあればあらかた防げる。イネスから学んだ技だ」

ローグのすぐ傍にできた、どこまでも深い闇の塊。

先ほどダルン地区全域にヴォイドが放ったものと同質のそれは、ローグの身体に触れる前に吸い込まれるように闇の中に消えていく。

「空間魔法、いや、魔力……？」

魔法が無効化されたと気付くや否や、ヴォイドは何もない場所を掴んだ。

見えない空間からは、魔方陣が印字された紙が吹雪のように降ってくる。

——鬼火の弾丸《ウィルオウィスプ》。

それは、青白い光を放ち浮遊する、鬼火《ウィスプ》の球体だった。

「ばーん」

まるで銃士がトリガーを引くかのように、ヴォイドが軽快に言葉を紡ぐと、鬼火《ウィスプ》の集合体はそのまま弾丸となって、ローグの眼前を埋め尽くす。

「いいもん落ちてんな。借りさせてもらおうか」

ローグは、そばに転がっていた帝国兵士の死体の懐から小さな脇差しを取り出した。

「龍属性《ぞくせい》魔法力付与《エンチャント》、龍の息吹《ドラゴン・ブレス》」

小さな脇差しに膨大な魔法力を集約させたローグは、挙動最小限にそれを横に薙いだ。

脇差しから放出されたのは、龍属性の魔法力。

一般に人が使用する魔法属性は四つ。その火、水、土、風の基本四属性全ての天敵となる魔法力。それが龍属性だ。

バババババババババッ!!

龍王《ニーズヘッグ》もどきのその魔法は、脇差しの剣先からまるで龍が口から大きな火炎を吐いたかのように広がっていく。

巨大な魔法力同士の衝突は、触れた瞬間に鬼火《ウィスプ》を連鎖的に爆発していった。

「ぼ、防御結界！」

鬼火《ウィスプ》の爆風と、ローグの魔法による衝撃波が迫り来る中で、ヴォイドはすぐさま自らを守る結界を生成した。

紅の長髪が埃にまみれ、ヴォイドの額に汗が滲んだ。

パチンと、ヴォイドは指を鳴らした。

その瞬間、空気中にヴォイドの魔法力が飛散する。

「ニーズヘッグから教えてもらった龍属性魔法だ。恐ろしい威力だろう？」

「さっきから聞いていれば！　始祖の魔王に龍神伝説と、どうやらローグさんはお伽噺がお好きなようですね……!?」

ヴォイドの口調が徐々に荒くなっていくのが見てとれた。

何かを待ち望んでいるかのように、ヴォイドは魔法力を手に溜める。

「『始祖の魔王が魔を練れば、人の魂天にも行かず。彼女が一糸は死の一糸』。子供の頃によく聞かされましたよ。寝ない子は、魔王様が魂抜き取りに来るぞ……ってね！」

ブゥン。

重低音が、ローグの耳を震わせた。

「覚悟ッ！」

「帝国に栄光あれぇぇぇッ!!」

それは、ヴォイドの放った空間魔法だった。

何もない虚空を蹴って、二人の帝国兵士が姿を現した。

ローブを被り、直剣を携えて真っ直ぐにローグの背後を突こうとするその二人。

「彼女の一糸は死の一糸、ね」

――破壊魔法、黄泉の糸《ファーデン・ハデス》。

ローグが形作ったその一糸は、瞬時に背後の二人の心臓を穿った。

それはまるで、針穴に糸を通すような正確さだ。

ズポリと、粘着質な音と共に兵士の胸に広がる鮮血。

目の光を失い、そのまま地面に頭から落ちていく帝国兵士二人の姿に、ヴォイドも思わず顔を歪めた。

「魔人でもなければ、亜人でもない。ともすれば、貴方と一緒にいたあの二人は、本物の始祖の魔王と、龍王だとでも言うんですか？」

「さぁね。でも、本人に会ってきたんじゃないのか？」

余裕しか感じられないローグに、ヴォイドは思わず舌打ちをしていた。

先の召喚を最後に、大聖堂内部以外にもいくつか敷いていた転移魔方陣の元に魔法力を移すことができなくなっていたのだ。本国にいる、帝国名うての魔法術師たちを大聖堂周囲に放つ予定が、既に大きく狂ってしまっている。何者かによる魔法力妨害《ジャマー》が生じたのは容易に想像ができた。

だが、ヴォイドは強く出る。

「舐めないでほしいですね、ローグさん。火炎超魔法力付与《ハイエンチャント》」

ゴゥッ——

そんな轟音が響き、ヴォイドが帯刀する剣には天井に届くほどの巨大な炎が立ち上がる。

「身体に魔法力が馴染み切りましたよ。さすがは、始祖の魔王を屠った魔法です。中から、永遠に魔法力が漏れてくるかのようなこの感覚。かつての僕ですら辿り着けなかった、神への領域です」

ヴォイドの瞳からは、漏れ出た紅のオーラが左目に宿っていた。

「まともにやり合うのは、ちょっと馬鹿馬鹿しいかな。俺、レベル自体は150みたいだし」

ヴォイドの胸元に写ったステータス画面のレベル195／100を見て、ローグは言う。

「それはそれは。始まる前から敗北宣言ですか――ね!?」

一閃。

部屋を丸ごと包むかのような大炎を纏った衝撃波に、ローグはぽつり呟いた。

「死霊術師《ネクロマンス》の誓約、解除」

どんよりと、鈍重な雰囲気と共に月に照らされた瓦礫の影から出てくる異形の魔物たち。

スケルトンや、ゾンビ。ローグの私兵たちがぞろぞろとヴォイドの元へと駆け寄っていく。

「あなた方に用はありませんよ」

ローグの方を向き、向かってくる敵さえも一瞥すらせずに、ヴォイドは現れた一団をたった一振りで吹き飛ばした。

「解除」

ローグが唱えると同時に、わらわらと湧き出るさらなる一団。

見慣れたヴォイドは舌打ち交じりに魔法力を込めた。

「時間稼ぎはもう結構ですよ」

魔法力を充填し、剣を再び構え出す。

「……いや、これは……これは……!?」

ヴォイドの剣を握る手がふと、止まった。

それに気付いて、ヴォイドは思わず歯を鳴らした。

「あなたは、悪魔か……ッ!!」

「死霊術師《ネクロマンス》の誓約、解除」

ローグは、聞く耳を持たなかった。

ただひたすらに、兵を召喚し続ける。

「これは、帝国兵士ではないですか！　先代帝王の元で戦った、誇り高き我等が帝国の魂です！」

ローグが出した兵力は、バルラ帝国の兵士たちだった。

まだ人魔大戦が激化していた頃、まだヴォイドの仕えていた先代帝王が、指揮を執《と》っていた頃のバルラ帝国の兵士たちだ。

「違う。これは俺の駒でしかない」

ローグは、冷静に返答した。

ヴォイドに詰め寄るは帝国の腕章を掲げたスケルトン。そして肉は腐り、帝国戦闘服も破れ、それでもなおローグ《主》の命令に従おうとして、向かってくるゾンビたち。

「戦場で尊く命を散らした者たちをここまで弄んで、楽しいのですか……？　あなたは……っ！！」

数年も前に死んだかつて仲間たちが、いまだに使われている。

その身体に意識はもうないだろう。だが身体だけ、魔物にされ、使役され続けている。

「死者を弄んでる？　冗談じゃない」

ローグは、言った。

「この人たちを殺したのは、紛れもなくあんたたちだよ。人だ魔物だのとくだらない領地争いのために戦い続け、戦死者なんて戦場に放り出して、人の勝利だ、我等の勝利だと、誇らしげに街に凱旋したのは、あんたたちだ」

「……！　違う！」

――ここまでの巨大戦力を作り上げてきたローグは、全て戦場からの死体を身内に引き込んでいる。

「祖国に戻って。血生臭い戦死体には見向きもせず、自分たちの思う故人の姿を勝手に想像して。格式張った儀式と、形式張った建物の中で、小さな華を一輪手向《たむ》けて弔った気になってたのは、あんたたちだろう？」

――死霊術師《ネクロマンサー》は、戦場跡を徘徊するハイエナだ。

そんなことを、何度も何度も言われてきた。

――あんな下賤な輩に、国の敷居を跨いでほしくはないもんだね。

「皇国が雇った化け物が、まさか忌避職の死霊術師《ネクロマンサー》だったとは……」

ヴォイドは、手甲の魔方陣紋章を小さく見つめる。

「皇国も、なりふり構ってる余裕はなかったというわけですか。ええ、死霊術師《ネクロマンサー》。かつてのように、一国をそのまま手中に収めんがために歴史の表舞台に舞い戻る気にでもなったのですか？」

ローブ姿の帝国兵士たちに、ローグは自嘲気味に笑う。

「かつての死霊術師《ネクロマンサー》、ね」

――死霊術師《ネクロマンサー》って言ったら、今までも碌なのがいないじゃないですか……！

先の対魔物夜戦にて、皇国兵士の一人が呟いた言葉がローグの脳裏を過ぎる。

――数百の不死の軍勢で一国を滅ぼしたり、美女だけを攫って殺して蘇生させて自らの王国を作り、死体を使って残虐の限りを尽くす、イカれた連中ですよ……！

直接「師」と仰げる存在もいなかったローグは、独学で道を切り開いている。

死体に強制的な第二の生を植え付け、使役する。

イネスやニーズヘッグのような特殊な蘇生例を除けば、ローグも歴代の死霊術師《ネクロマンサー》もやっていることは変わらない。

「イカれた連中、大いに結構」

魔法力を、じっくりと手の内に溜める。

「スキルが与えられた。忌避職だった。死霊術師《ネクロマンサー》だった。たったそれだけだ。俺は何もしてない。何もしようとはしてなかった。全部そっちの都合で決めたことだったじゃないか」

ローグは、静かに拳を握りしめていた。

「どこかの死霊術師《ネクロマンサー》が国を乗っ取った。どこかの死霊術師《ネクロマンサー》は女を殺し、侍らせて自らのそばに置いて自分だけの国を創った。あぁ、上等だ」

ローグは不適に笑みを浮かべた。

膨れ上がったローグの禍々しい魔法力に、思わずヴォイドの表情が青ざめる。

「どこかの死霊術師《ネクロマンサー》は、やっとできた仲間と居場所を守るために、悪魔にでも、イカれた連中にでもなってやる」

ローグの魔法力を受けて、更に活性化していく《不死の軍勢》。

かつての仲間が今、死人としてヴォイドの前に立ちはだかる。

主であるローグの、常人離れした魔法力と、旧知の者からの襲撃に、ヴォイドの戦意はどんどん失われていった。

「グギィィィィィィヒヒヒヒッ！！！」

異様な金切り声を上げて、ゾンビは口を大きく開けた。

帝国国章の入った甲冑を着込んだゾンビの攻撃に。

「そんなもの……ッ！」

ついぞ、ヴォイドは剣を振り下ろすことができずにいた。

ゾンビ一体が、ヴォイドの肩を小さく抉《えぐ》っていく。

力はまだ有り余っていた。なのに、ヴォイドの前に現れた何十もの、何百もの旧帝国兵士の前に、ヴォイドは静かに膝をついた。

ローグは、歩みを進める。

「人は死んだらそこで終わりだよ。あんたたちが死者をどう扱おうと、知ったことじゃない。人は、死んだら人じゃなくなるんだからね。だけど――」

ローグは、ゆっくりと、ヴォイドの前に立って、言い放つ。

「生きてる人の命まで粗末にするような奴は、死よりも残酷な結末がお似合いだ」

トン、と。ローグは一歩踏み出した。

ヴォイドの額に当てた人差し指の先に、魔法力を込める。

「そして、死霊術師の業を……子供達の鎮魂歌《リベリ・レクイエム》を安易に使ったこと永遠に後悔するといい――死・霊・術。魔王の鎮魂歌《デモンズ・レクイエム》」

ローグは、当てた人差し指をふっと押した。

まるで、生気の抜けたような虚ろな瞳のヴォイドは、重力に従って後ろに倒れ込んでいく。

その後、その身体が起きることは、なかった。

＊＊＊

「お疲れ、鑑定士さん。動けそうか？」

汗一つ流さずに手を差し伸べるローグに、カルファは苦笑いを隠すことができなかった。

「本当に、無茶苦茶なお方ですね、ローグさんは。ヴォイドは、どうなったんですか……？」

かつての仲間の行方を惜しむようなカルファに、ローグは答えた。

「始祖の魔王を……千年前にイネスを倒したのは、子供達の鎮魂歌《リベリ・レクイレム》っていう死霊術の技だった。子供たちの魂を生け贄に、術師の魔法力を限界以上に引き上げる、絶対禁忌のね」

「ヴォイドのレベルが１００を大きく超えたのも、それが理由でしたね」

「当時のイネスは絶命間際に魔王の鎮魂歌《デモンズ・レクイレム》を……魔力で術者の体内にある魂魄そのものを抜き出して、一生身体と結合《コネクト》できないようにした。術者の身体の中に閉じ込められた子供たちの魂魄をそのままに、術者がいたずらに子供たちの魂を使い続けることがないようにってね」

ローグやカルファの見つめる先には、まるで人形のように動かないヴォイドの姿があった。

「……要するに、死んでもない魂は、成仏することもできずに、一生この世のどこかを彷徨うことになる。魔力によって切り離された身体は朽ちることも、老いることもない。一生を、永遠を、意識を持った魂のまま、一人ぼっちで彷徨い続ける地獄に追いやられるんだ」

軋む身体を必死の思いで起こしながら、カルファは呟いた。

「じゃぁ、ヴォイドは――」

それを横で支えるルシエラは、顔中埃まみれになりながら、ぺこりと頭を下げた。

と、その時だった。

「伝令！　でんれ……おわっと!?」

慌てて崩落した大聖堂『始まりの間』に入ってきた一人の皇国兵。

彼は顔中に汗と、涙と、鼻水ぐしゃぐしゃにしながら、はっきりと告げた。

「特に衝突の大きかったダルン地区、ガジャ地区平原、シャルロット地区、その他十の拠点で、皇国正規兵団・冒険者連合と……と、突如現れた仮称《不死の軍勢》によって、バルラ帝国軍の戦線崩壊を確認しました！」

カルファは、額に手をやりながら「そうですか」と深く息をついた。

「戦線維持に使用されたと思われる転移魔方陣もある時から不発に終わり、どこからか出てきた少女率いるエルフ集団の類い希《まれ》なる回復術も相まって回復したドレッド・ファイアのラグルド・サイフォン、獅子の心臓《レグルス・ハーツ》のグラン・カルマ、皇国正規兵分隊長カルム・エイルーン様の合流を筆頭に制圧しきった模様です」

「エルフの少女って、ミカエラのことか……!?　あいつは危ないから、出立前にアスカロンの受付嬢さんに預けておいたはずなんだけどな……？」

「それで……カルファ様……」

衛兵は、おずおずとカルファを、そしてその隣できょとんと立つ、ローグを見ながら、呟いた。

「その、あくまで一部噂になっているだけなのですが。突如現れた謎の集団についてです」

ごくりと、喉を鳴らして報告に来た衛兵は続けた。

「き、忌避職死霊術師《ネクロマンサー》の物ではないかと、噂になっておりまして……。もうすぐ日の出とのこともあり、徐々に力を失っているのですが、兵たちの間にも少なからず動揺が走っている……ようです……」

恐る恐る、ローグの方に目線をやりながらきちんと報告をする衛兵。

悲しそうな、寂しそうな表情で、カルファはローグを見た。

「ま、そうなるよな……」

朝の日の光が、大聖堂内部にも届き始めていた。

その神聖な空間に舞う埃さえもがキラキラと光り、皇国の新しい朝を祝福しているかのように思えたのだが。

片方に朝が来れば、片方には夜が来る。

それはいつ終わるか分からない、長い夜だ。

ローグの表情は、いつになく芳しくないものだった。

エピローグ　死霊術師、友達と騒ぐ。

ヴォイド・メルクールが戦闘不能になって――皇国が、侵略者の脅威を退けてから、三日が経っていた。

サルディア皇国冒険者街、ギルド・アスカロン。

野性味溢れる冒険者街の中でも、最も血気盛んな場所とも呼ばれる建物の看板前には、一人の女性が佇んでいた。

日の光で輝いた金色の長髪に、すらりと伸びた手足。龍神伝説の龍王を象《かたど》った皇国旗のシンボルマークを胸に刻んだ銀鎧を着込んだその姿は、さながら地上に降臨した女戦神《ヴァルキュリー》のようだ。

「もう身体は大丈夫なのかい？　鑑定士さん」

その言葉に、女性――カルファは息を吐いて、自身の能力《鑑定》を開いてログに見せた。

「こちら、現在の私のステータスです。魔法力総数２００，０００／５００，０００。たった三日間で歩けるほどには回復していただきました」

「数値あたりどれくらいの疲労度なのかは俺にはあんまり分かんないけど、回復したなら何よりだはよ」

「のんびり羽を伸ばすわけにもいきません。帝国の侵略が過ぎたとて、皇国再建は始まったばかりなのですからね。――それに、我が主からご指名なんですよ」

カルファは、嬉しそうに笑った。

「『私の晴れ舞台までには、隣に戻ってきなさい』……と」

そう、格好よく言って歩き出すものの、動きはどこか覚束《おぼつか》ない様子だ。

「何ともスパルタな主様だな」

巷では、ルシエラは『凋落の皇帝』と揶揄されてもいるということをローグは小耳に挟んでいる。

大聖堂が大きく崩落したこと、そしてルシエラの公表によって、先の魔物戦や帝国の侵略、前皇帝ナッド・サルディアの死を国民全員が知ることとなった。

貴族街に住まう、皇帝からの恩恵をさっぱり受けずにいた中流貴族を中心に、ナッド・サルディア前皇帝の杜撰《ずさん》な政《まつりごと》も各情報通から、都政新聞を通してリークされ始めている。

さらに、ルシエラ・サルディアの正常でない生誕の経緯すらも囁かれていた。

皇国の凋落が露骨に表れ、今まで政争に勤《いそ》しんでいた貴族たちの中にも逃げ出す者もいる。

全ての国民に受け入れられるわけもなく、むしろ反ルシエラ派の方が圧倒的な数を占めている中での式典だ。

「ルシエラ様が戦うと決めたのであれば、私は影からお支えしていくまでです。戦後処理もまだ残っていますが、それもこれも、皆ローグさんのおかげですよ。……ところで」

カルファは、朝の風になびいて揺れる金髪に触れた。

冒険者街の内側――一般市街や貴族街からは、いつにない賑わいが伝わってくる。

首都を上げてのお祭り騒ぎのようだ。

だが、対照的に冒険者街では少しの声も聞こえてこない。

「アスカロンの方に、国際ギルドからローグさん宛てに届いていたお手紙が寄せられています。お時間あるときに、目を通しておいてくださいね。SSSランクの冒険者は、人気者なんですから」

今までのように切羽詰まった表情ではなく、年相応の女の子のように笑ったカルファは、楽しげに冒険者街を後にした。

と、その時だった。

『こんな所にいたのか、主よ。例の宿泊所に向かっても気配が全くなかったのでここだと思ったが、ドンピシャだったようだな、イネス』

ちょこんと飛んできて、ローグの肩に翼を下ろしたのはニーズヘッグだ。

――少しだけ、緊張してるみたいだ。死霊術師《ネクロマンサー》でない俺を人に見せるのは、これが初めてだからな。

――ご心配はありません。ローグ様ならばきっと、優秀なお友達を見つけることができます。その時、私たちを見捨てないでいてくだされば、それだけでイネスは幸せです。

――我とて、主の役に立てるのであれば光栄だ。何なりと、申しつけるがいい。この世に再び全盛期の力をもってして蘇生してもらえた分の恩は、返すつもりであるからな。

「ローグ様……」

息を切らしたイネスが、ギルド前の扉に手をかけるローグに声を掛ける。

朝、突然宿泊所から姿をくらましたローグを、疲労が抜けきれない身体で追ってきたのだろう。

「ご心配はありません」

かつての言葉を反芻《はんすう》するように、イネスは言った。

ローグの震える手を、イネスは優しく握る。

ローグは、ぽつりと呟いた。

「ラグルドさんも、グランさんも、受付嬢さんも、ミカエラも、他の冒険者たちも、皆いい人だった」

「ええ。ですが、いざとなれば――このまま立ち去ってもいいでしょう。カルファ・シュネーヴルが生き続けている限り、ローグ様の《死霊術師》はいつまでも隠蔽しておくことが可能です。新天地でやり直すことを選ばれても、我々は最期までお供致します」

『あの二人ならば、この国も多少はマトモになりそうだ。まぁ、長年生きてきた勘だがな』

新人冒険者として、先輩冒険者から指南を受けたこと。

新人冒険者として、ギルドメンバー全員から手荒い祝福を受けたこと。

ローグは、小さく息をついた。

「前なら、怖くて逃げてたけど」

決意を込めて、ローグは――かつて一度も踏み込めなかった勇気をもって一歩、踏み出した。

「俺はもう、誰より勇敢な冒険者だからな」

イネスは、主を支えるようにそっと腰に手を回していた。

ニーズヘッグも、少しばかり主の肩に止まる腕の力が増していた。

ギィィ、と。ローグは重い木造扉をゆっくり開ける。

あまりにも物静かな暗い空間に、事態を察したニーズヘッグが思わず『くははははは!!』と快活に笑った。


パパパパパパパパパパンッ。


店内のあちこちからクラッカーが鳴った。

それはまるで、冒険者試験に合格したあの日のように。

『ローグさん、SSSランク昇格おめでとうございまぁぁぁぁぁっっす!!』

数々のパーティー用の魔法が飛び交い、華やかな暖色系の光が場を満たしていく。

そこには、包帯でぐるぐる巻きにされ、カルファと同じく魔法力切れな上に怪我も完治していないだろう身体を、ガタガタと不自然に動かしながら笑顔を浮かべるラグルドがいた。

まだまだ元気そうなものの、ほとんど傷が癒えていないグランも、先にエールをグビリとあおっていた。

「ついに我がアスカロンからＳＳＳランク冒険者が輩出されるなんて！　なんと名誉ことでしょう！」と、ローグの手を持ってぶんぶんと感動する受付嬢がいた。

「お帰りなさいませししょー！」と、明るく朗らかに、様になったエプロン姿でお出迎えをするミカエラや、各々酒瓶を空ける冒険者たちの姿がそこにはあった。

皆一様に戦の傷は癒えておらず、寝そべったままで顔だけ向けている者もいれば、ベッドの上で杯を交わしている者もいる。

「……？　……!?」

「ささ、ローグさんそんなとこで突っ立ってないで、今日の主賓なんだからさ、ほら」

ラグルドに急かされるようにして、長机の上座に座らされたローグ。

イネスは穏やかな表情でローグの隣にちょこんと座った。

ニーズヘッグは、お決まりの場所と言わんばかりに、ミカエラの膝で身体を丸めていた。

どうやら、一度彼女の回復能力の恩恵を受けてからというもの、ミカエラを完全に気に入ってしまっているようだった。

あまりにも予想外すぎる展開に、終始理解が追いついていないローグに、受付嬢からは乾杯のエールが手渡された。

「元々、この会をやろうと言い出したのも、ラグルドさんとグランさんだったんですよ」

ぽそりと、受付嬢はエール片手にローグに耳打ちをした。

そんな様子に、ラグルドは頭をポリポリと掻きながら言う。

「おいおいそこ、いらんこと言わない！　……ってもまぁ、正直な話、すげー怖かった。いきなり土ん中から訳分かんない連中出てくるわ、いきなり俺等の味方してくれるわのあの、《不死の軍勢》ってのはさ」

「馬鹿正直すぎるだろうラグルド。まぁ……俺も、そのおかげで今こんなにピンピンしてるんだけどな」

そう言って、グランも野太い腕を見せびらかした。

——死霊術師《ネクロマンサー》だ！　絶対に近付くな、あの忌避職は魂抜いてくるらしい！

——悪いが、帰ってもらおうか。忌避職持ちがいるって噂が立つだけで面倒だからな。

——あの得体の知れない集団に近付けば、俺たちも感染するってよ！

死霊術師《ネクロマンサー》という職を手に入れてからは、そんなことの連続だった。

「死霊術師《ネクロマンサー》の集団に近寄ると、魂を抜かれて、勝手に配下にされてしまう……とか何とか、そういうこと言ってた帝国のバカもいましたっけ、ねぇグランさん」

「じゃ、俺等はとっくにローグの配下だな」

「実力的にはおんぶにだっこですし間違っちゃないですね。あはははは」

「それはそれで笑いごとじゃねぇだろ……」

ラグルドとグランのいつものような小突き合いに、ローグはぽつりと言う。

「死霊術師と知って、そんないろんな噂まで知ってて、それなのに……ですか？」

「じゃぁ聞くよ、ローグさん。もしその噂が本当だとしてローグさんは、俺や、グランさんや……ミカエラちゃんや、受付嬢、それに他の皆に、そんなことしようと思う？」

「……そんなわけ、ないじゃないですか！　新人冒険者として温かく迎え入れてもらって、冒険者流の飲み方も教えてもらって、この世界のこと、たくさん教えてもらって……！」

丁寧に、思い返すように指折り数えるその姿。

ラグルドは思わず「ぶはっ」と吹きだした。

「そんだけあれば充分でしょ。いきなりギルドに来たかと思えば、SSSだなんて見たこともない数値叩きだして、あっという間に二頭の龍までやっつけてたり、オレたちはローグさんを一番間近に見てきたんだからね」

「馬鹿正直に力使って、そこらの駆け出しとおんなじようにはしゃいで、酒飲んで潰れ方覚えて、心底嬉しそーに任務達成報告してきやがってなぁ」

「オレたちを一体何だと思ってるんでしょうね、グランさん」

「力はあってもまだまだクソガキだな。お前さんを信じる要素なんて、俺たちからしちゃたった一つだ」

ラグルドもグランも、互いに顔を見合わせながら笑い、ローグの頭をくしゃくしゃに撫でた。

「俺《オレ》たちが、新人ローグ・クセルの先輩冒険者だからだ！」

ラグルドは、まだ癒えぬ脇腹の傷を抑えつつ、笑った。

「せっかくできた有能な後輩逃がすほど、オレたちは甘くないんだよね」

グランも同調するように頷く。

「死霊術師《ネクロマンサー》だかなんだか知らんが、それと同時にお前はＳＳＳランクの冒険者で、俺たちの後輩なんだからな。そこんとこ、わきまえとけー」

それぞれの先輩たちが、澄ました様子でローグの持つジョッキに乾杯をした。それに続くように、他の冒険者たちも今日の主賓であるローグのジョッキに、自身のモノを重ね合わせていった。

「……っ！　あ、ありがとうございます！」

そんな中、からかうように受付嬢もローグとジョッキを合わせて乾杯した。

「あの二人、本当にローグさんのこと、大好きなんですよ？」

「どういうことですか？」

ちびりとローグがエールをすすると、「いやいやー」と若干酔った状態で、受付嬢は続ける。

「彼らだけ、他の人たちより傷が多いじゃないですか？　あれ、戦ってる最中に混乱しかけた人たちを、そして戦後せっかく回復してくれようとしてたエルフの人たちの回復時間を断ってまでこの三日間ずっと、冒険者間でも、正規兵間でも、ローグさんのことを言い回ってたんですよ」

受付嬢は、両手を腰に当てて、下手な演技でニヒルに笑う。

『ローグ・クセルは俺たちの大切な後輩だ。今まであいつを間近で見てた俺たちなら断言できる。あいつはそんなことするような奴じゃない。信用に足る、アスカロンの立派な一員だ』

……って！　もう、それはそれは格好良かったんですからぁぁぁぁ!?」

「ちょっと受付嬢のお姉さん。口が軽すぎませんかね!?」

「コイツを今から、スライムだらけの草原に投げ捨ててこようラグルド。良い具合に服だけ溶かしてくれるだろ」

「それ、いっすねグランさん！」

「許してくださぁぁぁぁい!?　下ろしてぇぇぇえ!!」

受付嬢の細い身体を片腕で担いだグランが、足早にアスカロンから出ようとする、そんないつもの冒険者ギルドの風景は続き、何とか許しをもらった受付嬢は、紅潮した頬でローグに言う。

「そういえば、ローグさん。国際ギルドから、こんなお手紙が……ぃっく」

ベロベロに酔った受付嬢が、顔を真っ赤にしながらローグに封筒を差し出した。

「あんたそんなテンションで雑務こなしてっから、二頭龍の懸念を伝え忘れてるんだろーが学習しろ！」

「さすがにアレは死ぬかと思ったんですから！　ね、グランさん！」

「ロ、ローグが何とかしていなかったら国ごと破滅していたかもしれんな……」

次々に口を出す冒険者たちに、「ぅるさぃんですよぉぉぉ、そんな言うならエール返してもらいますよぉぉぉぉ!?」と食ってかかる受付嬢。

「お、落ち着いてくださいおねーさん！　おねーさん!?」

新しくギルド受付見習いとしても働き始めたミカエラが、尖った耳をぴくぴく震わせて必死に服の袖を引っ張っている。

そんな騒がしいにも騒がしい中で、ローグがぺらりと用紙を開いた——その時だった。

「ここか————ッ!!」

ドォン、と。アスカロンの扉が勢いよく開かれた。

透き通ったような、高い間延びした声。皆が皆泥酔状態の中で、視線が一手にその人物に集まった。

深いフードを被っているのか、顔までは見えない。

手に持った地図らしき紙はもはやボロボロで、何が書かれているかも分からない。

頬に掠り傷と葉っぱを付けた少女は、ずんずんと全く遠慮のない足取りで近付いて、ビシッとローグに指を突きつけた。

「ローグ・クセルってのは、アンタね？」

なまりの強い地方の言葉にローグは、心当たりがなさ過ぎてきょろきょろしつつも、ゆっくり自分を指さした。

「ミレット大陸北部の亜人国——『聖地林《リートル》』からやってきた、ティアリス・マーロゥなの。ローグ・クセル。折り入って、旦那にお願いがあるの！」

ふと、挙動が激しい少女のフードがはらりとめくれた。

真っ白に輝く手足と、凛とした小さな顔と白く輝く八重歯。

年にして、十五から十六歳ほどの少女だ。

くりんとした瞳と、栗色のセミロング。

そして、何より特徴的なのはその耳だ。

感情の起伏を現すかのように頭の上の二つの大きな耳が、ぴょこぴょこと動いていた。

「マーロゥ、ですか」

少女の言葉に、イネスが眉を顰めた。

分かっていなさそうなローグ、ニーズヘッグとは対照的に、冒険者たちはその子供の言葉に引っかかりを覚えていたようだった。

「マーロゥ……マーロゥって、あの、マーロゥ？　あ、でもそうとしか考えられないですかね、グランさん」

「そりゃあんだけ有名ならな。世界七賢人の《獣戦士》クラリス・マーロゥに妹がいるってのは聞いたことがあるが、そんな奴がどうしてここに」

ラグルドが自己完結したように、馬鹿騒ぎする他の面々の頭にエールを注ぎながら呟いた。

少女――ティアリス・マーロゥは、再び大きな挙動でぺこりとローグに頭を下げた。

「姉のクラリスが、力業でティアたちの部族まとめて乗っ取ろうとしてるかもなの！　クラリス姉を止められる強さなんて、世界七賢人クラスの力持った人しかいなくて……そんなときに、SSSランク冒険者の旦那の話を聞いて、ここまで来たの！　暴走してるクラリス姉を止めるのに、力貸してほしいの！」

そう矢継ぎ早に話したティアリスの耳が、何度もぴょこぴょこと揺れていたのだった。

あとがき

この本で初めて私を知って下さった方は初めまして。

別の出版社様の前シリーズから私を知って下さっていた方、こんにちは。

榊原モンショーです。この度、幸運にも生涯2シリーズ目の刊行をさせていただくこととなりました。

コメダ珈琲の美味しい十円豆菓子を貪り笑顔になったり、この時期の酷い花粉症に身悶えさせたりしながら今、この後書きを書いています。二〇一九年は、前年の花粉量のおおよそ二倍になるそうです。前年も例年の四〜五倍と言っていたのに、です。十年後は、花粉量が百倍くらいにはなっていそうですね。

そんな花粉への恨み節もさておき、本作は「小説家になろう」に連載していた作品を、ブレイブ文庫様のお世話の元で幾度となく改稿、ブラッシュアップされたものとなっております。

本作は、ぼっち気質の主人公が、どうにかして友達を作ろうとして関わってきた人々皆を幸せにしていく、ほのぼのほんわかストーリーです（ちょっと怖い暴走気味の伝説級配下二人と、死なない不気味な配下数千を有していることに目を背けながら）。

この巻では、《世界七賢人》の内の『鑑定士』の国に焦点を置いていきましたが、先行しているWeb版では獣人、龍人など、色々な人種や女の子が登場しますので、そちらを未読の方は是非、書籍版とはひと味違ったWeb版にも目を通していただけると、より楽しんでいただけるかと思います。

最後に、謝辞を。

「小説家になろう」上で掲載していた「ぼっち死霊術師」に目を止めて、書籍化に向けて動いて下さったブレイブ文庫の関係者様、本当にありがとうございます。文庫で出すという個人的な夢を叶えることができて、非常に嬉しかったです。

イラストを担当していただいた.suke様。ラフ段階で見ていた時からウッキウキしていた私でしたが、完成されたイラストを見た時は思わず枕に顔を埋めて叫ぶほど、素晴らしく仕上げていただきました。ありがとうございました。家宝にします。

また、作品内外で非常にお世話になっております佐々木さざめき先生、お友達のRさんを始めとした、この作品と私に関わって下さる本当に多くの方々に最大限の感謝を。

皆さまに支えられているおかげで、私は今日も楽しく小説を書いていくことができています。

これからも、皆さまの心に少しでも残るような小説をお届けできれば、幸いです。

願わくば二巻でも皆さまにお会いできますように。

榊原モンショー

BRAVENOVEL
ブレイブ文庫

不死の軍勢を率いるぼっち死霊術師、転職してSSSランク冒険者になる。

2019年3月28日　初版第一刷発行

著　者　榊原モンショー

発行人　長谷川　洋

発行・発売　株式会社一二三書房
〒102-0072
東京都千代田区飯田橋2-14-2雄邦ビル
03-3265-1881
https://bravenovel.com/

印刷所　中央精版印刷株式会社

Printed in japan.
ISBN 978-4-89199-547-8

ローグ
イネス